삶의 반대편에

들판이 있다면

문보영
아이오와
일기

삶의 반대편에

들판이 있다면

프롤로그

- 들판의 자유

아이오와에서 돌아온 지 어느새 한 계절이 흘렀다.

처음 아이오와에 갔을 때 나는 많은 것을 이해하지 못했다. 한국어를 구사하는 작가는 나 하나뿐이었고, 영어 실력은 좋지 않았으니까. 말도 잘 통하지 않는 30여 명의 작가들과 삐걱거리는 공동생활에서 내가 배운 건 이해를 내려놓았을 때 또 다른 차원의 문이 열린다는 것이었다. 그곳에는 다른 종류의 희미한 헤아림이 있었다. 서툰 언어와 눈빛, 그리고 몸짓들. 언어를 여과하고 남은 잔여에는 말이 해내지 못하는 힘이 있었다.

아이오와에서 나는 많은 작가가 자신의 나라를 떠나 낯선 언어로 작품을 쓴다는 사실에 적잖은 충격을 받았다. 살던 곳을 떠난 이유는 제각각이었지만, 언어의 충돌은 그 자체로 그들의 핸디캡이면서 동시에 개성이었고 글쓰기의 중요한 동력인 듯했다. 한편 그것은 하나의 언어에서 다른 언어로 도망치는 작은 자유이기도 했다. 이 책은 그런 작가들을 마주하면서 변화한 내면의 기록이다. 그래서 이 일기는 성장 소설의 성격을 더불어 지니고 있다. 아이오와에서의 체류가 인생의 방향을 틀 만한 중요한 변화를 일으켰기 때문이다. 아이오와에 오지 않았다면 나는 지금까지 그러한 것처럼 20대와 똑같은 30대를 살지 않았을까? 한국어로 시를 쓰며 시집을 내고, 문학을 하는. 이중 언어자로 살아가는 작가들과, 이민자들의 삶을 목격한 경험은 내 안에서 새로운 정체성과 모험의 씨앗을 움트게 했다.

나의 성 '문'은 영어로 발음했을 때 달이 된다. 그래서 아이오와에서 많은 이가 나를 '달(Moon)'이라고 불렀고 나 역시 자주 달을 바라보았다. 낡은 아이오와 하우스 호텔 주변에는 강변을 따라 넓은 들판이 펼쳐진다. 낮에는 들판과 반대 방향으로 걸었지만, 밤이 되면 들판으로 들어갔다. 너무 고요해서 그곳에서라면 삶을 잊을 수 있을 것만 같았다. 아이오와는 뭔가를 잊을 수 있도록 돕고, 그것을 다시 기억할 수 있도록 도와주는 공간이라던 동료 작가의 말을 오래도록 기억하고 싶다. 그 말은 어쩌면 들판의 말이었을지도 모르겠다. 삶의 반대편에 들판이 있다면, 난 끝없이 들판을 걸어보고 싶다. 반대 방향으로 걸었을 때 우연히 진짜 삶을 발견하게 되어 지금까지의 삶을, 그리고 앞으로의 삶을 전혀 다르게 바라보게 될지도 모르니까. 한국과 정반대에 있는 어느 작은 시골 마을에서 자유를 발견한 것과 같이. 그것은 들판이 내게 준 것이었다.

아이오와를 떠나기 전, 동료 작가 에바와 코토미가 물었다. "너 정말 다시 아이오와에 올 생각이야? 그런데 그때는 우리가 없을 텐데?" 나는 대답했다. "응, 괜찮아. 사실 너희가 없는 게 더 낫겠어. 없어야 그리워하니까. 그리고 옆에 있으면 그리워하는 데 걸리적거릴 것 같아…." 작가들이 지지고 볶으며 한 계절을 머물렀던 아이오와 하우스 호텔은 곧 철거된다. 우리의 흔적도 말끔하게 사라질 것이다. 그렇지만 모든 것이 사라진 그곳을 보기 위해 멀지 않은 미래에 아이오와에 가게 될 것 같다. 그때의 나는 지금과 또 얼마나 다를까.

마지막으로 이 책을 가능하게 해준 편집자이자 오랜 친구인 김진주님에게 고마움을 전하고 싶다. 당신의 따뜻한 응원과 세심함이 없었다면 이 글은 쓰이지 못했을 거예

6

요. 더불어 아이오와에서 마음을 나눈 모든 이들과 독자분들에게 감사의 인사를 전한다.

2024년 봄

아이오와를 그리워하며

문보영

차례

1부

전망 없는 작가들의 모임

아이오와 글쓰기 프로그램IWP, International Writing Program은 30여 개국에서 온 작가들이 3개월간 한 호텔에 묵으며 리딩, 강연, 토론 등 여러 문학 행사에 참여하는 작가 레지던시 프로그램이다. 2023년 가을, 한국 시인으로 아이오와에 가게 되었다.

아이오와로 향하는 비행기에서 드라마 〈무빙〉을 보고 있었다. 영화 속 트럭 짐칸에 앉은 류승범이 허허벌판을 바라보며 "아이오와 같네"라는 대사를 던지는 순간, 비행기가 이륙했다. (이거 일종의 경고인가? 나는 좌석 벨트를 잘 맸는지 다시 확인했다.) 나중에 친구에게 이 이야기를 해주니 류승범은 7화에서 "마이 네임 이즈 아이오와…"라는 말을 남기고 죽는단다. 〈무빙〉 덕분인지 사람들이 '아이오와'와 '오하이오'를 덜 헷갈리게 된 것 같다. 아이오와, 오하이오,

아이다호, 아이다호, 오하이오, 아이오와. 미국인들도 이 셋을 헷갈려 한다.

　내 영어 실력에 대해 말하자면 전화 영어를 빼놓을 수 없다. 일전에 아침에 깨워줄 사람이 필요해서 전화 영어를 알아보기 시작했는데, 처음 등록할 때 수업료 할인을 많이 받아서 지금까지 쭉 하게 되었다. 이제는 더 이상 이 가격으로 영어를 배울 수 없고, 취소 절차도 번거로워서 수강권을 유지하고 있다. 하루에 한 번 25분. 한 달에 평균 28회의 전화를 무시하고 세 번 정도 받지만 (이 정도면 전화를 씹고 싶어서 전화 영어를 하는 건가) 그래도 한 달에 세 번은 꾸준히 영어 공부를 한 셈. 게다가 7년이나 했으니 어느 정도 영어가 늘 법도 한데, 미국에 와서 지낸 일주일 동안 영어가 더 많이 느는 것 같다.

　아이오와에 와서 가장 먼저 한 말은 "My room has no view"이다. 작가들은 '아이오와 하우스 호텔'이라는 곳에 머문다. 호텔 인근에 아름다운 아이오와강이 흐르고 햇빛이 가득하지만 방은 어둠에 잠겨 있다. 창을 여니 강은커녕 사면이 벽으로 둘러싸여 있었다. 카운터로 내려가 혹시 방을 바꿔줄 수 있는지 물어보니 모든 작가들의 방이 벽을 향해 있단다. 작가들에게 어두운 방을 배정하라는 상부의 지령이 있었나? 그게 아이오와 IWP의 은밀한 목적인 걸까? 빛이 없는 곳에서 어떤 글이 탄생하는지 실험하는…. 여기 일종의 글쓰기 감옥?

그런데 프런트 직원의 말과 달리 꽤 많은 작가가 강이 보이는 환한 방을 배정받았다는 사실이 드러났다. 그리고 얼마 지나지 않아 창문 봉기(?)가 일어났는데, 어둡고 추운 방을 배정받은 작가들이 그룹 채팅방에서 불평하기 시작한 것이다. 작가들은 각자의 창문에서 보이는 풍경을 공유했는데 하나같이 처참했다. '내 뷰가 최악이다' '아니다, 내 뷰가 최악이다' 배틀을 시작. 벽 뷰인 것은 매한가지인데 최악에도 다양성이 존재한다는 게 흥미로운 포인트다.

최악의 예시 ①　　　　최악의 예시 ②　　　　최악의 예시 ③
라울의 전망　　　　　야시카의 전망　　　　　　내 전망

시작은 야스히로였다. 그는 창밖으로 보이는 종이컵에 관해 이야기를 꺼냈다. 벽으로 둘러싸인 광장에는 낡은 종이컵이 버려져 있었고, 그것은 조금씩 뒤척이며 생명을 이어가고 있었다. (다음 페이지 사진 참고.)

야스히로가 찍은 창밖의 종이컵

"혹시 날마다 조금씩 움직이는 종이컵을 관찰하는 사람 있어? 고백하건대, 난 이제 이 작자에게 감정적으로 의존까지 하고 있어. 약간의 동정심까지 곁들여…(Has anyone been observing the daily movement of this paper cup? I have to confess that I am developing an emotional attachment to this fellow. A sympathy as well…)."

야스히로가 말했다. 알고 보니 벽 뷰를 배정받은 작가들은 저마다 다른 각도에서 종이컵을 볼 수 있었다. 전망 없는 작가들이 한마디씩 덧붙였다. 나이지리아에서 온 작가 수네스트가 말했다. "아마 그것은 연옥으로 가는 순례자일 수도…." 그러자 또 다른 전망 없는 작가 존 스캇이 말했다. "자신에게 자유가 있다고 착각하고 있는, 갇힌 영혼." 전망 없는 작가 오릿이 말했다. "누군가는 그 공허

16

함을 지켜야 한다. 누군가는 산소를 운반해야 한다. 당신은 컵에 이름을 주지 않는다. 컵이 당신에게 이름을 줄 것이다…." 전망 있는 작가 에바는 말했다. (에바의 방은 강 뷰다. 혹자는 그녀가 종이컵 담론에 참여할 자격이 있는지 의문을 품을 수도 있다.) "종이컵은 자신에게 많은 시선이 쏟아지는 것이 부끄럽습니다. 종이컵은 플라스틱, 도자기 또는 스테인리스 스틸과 대비하여 상대적으로 짧은 수명을 누리며, 그 유한한 삶 동안 인간과의 접촉은 대부분 한 번의 키스에 제한됩니다. 운이 좋으면 두 번 닿을 수도 있겠지요. 종이컵은 많은 주목을 받을 운명이 아니며, 자신이 이런 공감의 대상이 될 것을 몰랐습니다. 종이컵은 시인, 소설가, 기자, 학자 등 다양한 사람이 자신의 상상력을 종이컵의 작은 빈 공간에 옮겨놓고 있으며 아이오와의 바람에 부드럽게 흔들리고 있다는 사실을 알지 못합니다."

작가들은 저마다 컵에 관한 이야기를 지어 채팅방에 올렸다. 이게 바로 아이오와 레지던시 프로그램의 취지(계획대로 되고 있어…)이자 목적? 작가들을 최악의 방에 가두고 벽과 종이컵(첫 번째 글쓰기 주제)으로 글을 쓰게 하는 이곳은 바로 글쓰기 감옥?

그때 루시가 '전망 없는 작가들의 모임no view writers' party'을 만들자고 제안했다. 암호는 컵의 위치를 정확

17

히 대는 것(그 뒤, 나는 전망 없는 작가들의 모임에서 몰래 탈퇴하고자 호텔 매니저에게 제출할 편지를 다듬고 있었다. 방이 너무 춥다… 추워서 잠을 이루기 어렵다… 나는 남들보다 추위를 많이 타서 여름에 관한 시만 쓴다…).

그날의 대화 중 가장 기억에 남는 건 종이컵 작명에 관한 이야기였다. 야스히로는 컵에 이름을 붙여주려고 애썼지만 그럴 수 없었다고 했다. 그래서 자신은 소설가가 아니라 시인이 된 것 같단다. 야스히로는 그냥 자신의 이름으로 종이컵을 부르려고 한다고 했다. (류승범이 죽을 때 '내 이름은 아이오와'라고 외친 것처럼…?) "야스히로… 야스히로… 어딨니?" 그가 창밖을 내다보며 작은 종이컵을 부르는 모습을 상상하면 웃음이 나온다.

결국 작가들은 종이컵에 이름을 붙이지 않기로 했다. 그 뒤로도 컵은 사라지지 않고 작가들의 곁에 머물고 있다. 사람들은 종종 컵이 사라졌다며 컵의 행방을 궁금해하는데, 기둥 뒤에 숨어 있는 종이컵을 다른 각도에서 목격한 작가가 컵의 근황을 전한다.

이곳에서 지내는 동안 어떤 일이 일어날지!

p.s. 오릿의 말

제 방 창문에서는 지붕이 보이는데,

죽은 슈렉 인형이 드라마틱함을 더

하고 있습니다. 상황은 더 나빠질 수

있습니다….

마리나와 걷기

아이오와에 도착한 첫날을 기록해두고 싶다.

경유지 게이트 앞에서 머리끈을 줍다가 맞은편에 앉은 외국인과 눈이 마주쳤다. IWP 작가 목록에서 본 아르헨티나 작가인 듯했다. 대부분의 작가가 오늘이나 내일 아이오와에 도착할 테니, 한 명 정도는 공항에서 마주치지 않을까 기대하던 참이었다. 공항에서 책을 읽는 사람이 있다면 눈에 띌 것이었다. 그런데 탑승 대기석에서 독서 중인 사람이 다섯 명이나 있었다. 연막작전?

하지만 눈을 마주치자 자연히 알 수 있었다. 다만 나는 필리핀 전화 영어 선생님을 제외하고 외국인과 10분 이상 대화를 해본 적이 없기 때문에 나도 모르게 상대방의 시선을 피했다. 그렇게 비행기에 따로 탑승했다. 달라스에서 아이오와까지 비행시간은 1시간 30분. 기내 화장실을 이용하려고 자리에서 일어났는데, 장화 한 짝이 좁은 복도를 향해 삐죽 튀어나와 있었다. '통행을 방해하는 저 민폐 승객은 누구지' 하고 슬쩍 보니 그 작가였다. 그녀는 독서등을 켜고 책 읽기에 열중하고 있었다.

아이오와에 도착해 수하물을 찾고서 슬금슬금 도망치는데 그녀가 나를 불러 세웠다.

-너 IWP 작가지.

그제야 사실 당신을 봤다고, 그런데 소심해서 말을 못 걸었다고 실토했다.

픽업 차량을 기다리는 동안 그녀와 첫 번째로 나눈 대화는 아이오와로 오는 동안 빼앗긴 사물들에 관한 이야기였다. 나는 검색대에서 치약을 뺏겼고 그녀는 바디로션을 뺏겼다.

-사실 나는 더 많이 빼앗기기를 바랐어. 짐이 너무 많아서.

그녀가 말했다. 그녀의 이름은 마리나. 마리나는 작가 레지던시가 처음이 아니다. 멕시코와 중국 레지던시에도 참여했으며, 그때 알게 된 작가도 IWP로 선발되어 재회하게 되었다고 했다. 시시한 잡담을 나누다 보니 운전기사가 도착했다. 마리나의 짐은 내 짐보다 두 배는 많았다. 대형 캐리어 두 개와 기내용 캐리어 한 개 그리고 등산

용 가방까지. 운전기사가 끙끙대며 짐을 싣자 마리나가 미안하다고, 캐리어에 책밖에 없다고 말했고 그는 '라이터스 트렁크'라고 짧게 대답했다. 마리나는 그것도 조금 가져온 거라며, 딱 그만큼 책을 더 사갈 기세였다. 나는 책을 단 한 권 들고 왔다고 하니 그녀가 놀랐다.

아직 작가들이 도착하지 않아 호텔은 고요했다. 우리는 일단 짐을 풀고 생필품을 구하러 가기로 했다. 어디로 가야 하는지 프런트에 문의하자 직원이 말했다.

-저 문을 열고 나가서 10분만 걸으면 모든 걸 만날 거야.

그래서 무작정 걷다가 지도앱을 켰는데, 우리는 목적지와 반대로 걷고 있었다. 하지만 마리나는 아랑곳하지 않았고, 걷다 보면 뭐든 나올 것 같다고 했다. 신기하게도 얼마 지나지 않아 우리가 찾던 마트가 나왔다. 마리나와 5분만 있으면 그녀가 몹시 산만하다는 걸 알게 된다. 그녀는 이미 숙소 키를 두 번이나 잃어버렸다. 그리고 휴대폰도 자주 잃어버리는데, 가령 좀 전에 가방 앞주머니에 휴대폰을 넣는 걸 봤다고 알려줘야 한다. 신호등 불빛을 보지 않는 건 기본이고 대화 주제도 수시로 바뀐다. 그녀는 자기를 표현하는 단어를 알려주고 싶다며 영어 사전을 켰다.

-Distracted(산만하다).

이게 자신을 가장 잘 표현하는 단어란다.

산만하게 걸었기 때문에 불필요한 곳까지 들르게 되었지만 그 덕에 많은 길을 알게 되었고 그게 언젠가 도움이 될 거라는 생각이 들었다.

숙소로 돌아온 우리는 들꽃이 만발한 아이오와 강가의 벤치에 앉아 아르헨티나에서 가져온 차를 마시기로 했다. 아이오와강은 한적하고 침착해 보였다. 그리고 아무 소리도 내지 않고 반짝였다. 마리나는 이것저것을 바리바리 챙겨와 차를 우리기 시작했다. 그녀는 전통 나무잔에 뜨거운 물을 부은 다음, 거름망 없이 찻잎을 넣었다. 까끌까끌하고 자잘한 잎의 파편이 잔 속에서 둥둥 떠다녔다. 그리고 쇠 빨대를 꽂아 내게 건넸다.

-절대 휘젓지 마.

마리나가 경고했다.

-왜?

-모든 게 변해버릴 거야.

-뭐가 바뀌는데?

-네 인생.

그래서 나는 몰래 빨대를 휘저었다.

마리나는 한국 영화 중에 〈올드보이〉와 〈괴물〉 그리

고 〈살인의 추억〉을 좋아한다고 했다. 그러더니 자신이 생각하기에 한강이 세상에서 가장 아름다운 강이란다. 왜냐고 물으니 괴물이 나와서 그렇단다.

죽고 싶어 하는 따뜻한 사람

아이오와는 40도다.

아이오와에 도착했을 때 너무 추웠다는 최승자 시인의 일기만 믿고 가을, 겨울옷을 잔뜩 챙겼는데 8월의 아이오와는 폭염이다. 30년간 진행된 지구 온난화를 계산에 넣지 못한 나의 불찰이다. 하지만 이곳의 여름은 한국의 여름과 사뭇 다르다. 습도가 낮아서 땀이 별로 나지 않고, 그늘에 들어가면 시원하다. 그래서 덥다고 말하는 대신 따뜻하다고 말하기로 했다.

아이오와는 너무 따뜻해서 죽어버릴 것 같다. 이것이 아이오와에 대한 나의 첫인상이다.

프로그램 첫날, 호텔 1층 로비에 작가들이 모였다. 작가들을 두 그룹으로 나누어 아이오와 시티를 구경시켜 준다는 것. 한꺼번에 수많은 사람을 만나니 정신이 아찔

했다. 아무것도 관찰하지 못했고, 인간적인 흥미를 느끼기 어려웠다. 약국, 병원, 영화관, 아시안 마켓, 은행, 식료품점, 대학 건물을 둘러보며 생활에 필요한 기본적인 정보를 얻고 숙소로 돌아왔다.

이곳에서 며칠 지내며 알게 된 점은 세상에 탈출 작가가 참 많다는 사실이다. 모국을 떠난 작가들. 코토미는 대만을 떠나 일본에 정착했다. 케빈은 대만을 떠나 독일에, 노엘은 필리핀을 떠나 싱가포르에, 야스히로는 일본을 떠나 미국에 살다가 현재는 독일에 거주 중이다. 타미는 홍콩을 떠나 영국에, 사바는 예멘을 떠나 네덜란드에. 그리고 나는?

코토미는 대만에서 태어났지만 자국에서 도망쳐 일본으로 갔다. 그런데 신기할 만큼 일본인처럼 생겼다(?). 원래 일본인으로 태어날 운명이었는데 신이 실수로 대륙을 잘못 배정한 게 아닌가 싶을 정도이다. 하물며 야멸차다 싶을 정도로 모국에 대한 미련이 없어 보인다. 대만에 있는 가족이 그립지 않냐 물으니, 고개를 젓는다. 그녀는 대학을 졸업한 뒤 짐을 싸서 일본으로 갔다. 그때부터 그녀는 모든 글을 일본어로 쓰기 시작했고, 모국어인 만다린어로 직접 번역한다. 그래서 그녀는 자신을 번역가로도 소개한다.

-왜 대만을 떠났어?

-지우기 위해서.

그녀는 답했다.

시티 투어를 하던 첫날, 프레리 라이츠 서점에서 나는 영어로 번역된 그녀의 장편소설《솔로 댄스Solo Dance》를 집었다. 소설의 내용이 대만을 떠나 일본으로 건너간 사람에 관한 이야기다 보니 코토미의 일기를 읽는 기분이 들었다. 이 책은 '죽고 싶네'라는 말을 반복하고 '넌 아니냐?' 하고 되묻는 책이다.

여기에 코토미의 첫인상을 기록해두고 싶다. 아이오와 시티 투어를 하던 날이었다. 땡볕 아래, 야윈 사람이 홀로 양산을 들고 간당간당 걷고 있었다. 코토미는 잘 웃지 않고 말수가 적을뿐더러 몇 번 말을 걸어봤는데 대화가 잘 이어지지 않았다. 그래서 '나와 별로 친해질 생각이 없구나' 싶었는데 다음 날 성큼 내 쪽으로 다가와, 어디 갔었냐고 물었다. 그룹 채팅방에 내가 없다고. 번호를 알려주면 초대해주겠단다. 이 사람 어쩌면 따뜻한 인간일 수도 있겠다. 죽고 싶어 하는 따뜻한 사람.

난 탈출에 관심이 많으니 코토미에게 언젠가 탈출에 관한 자세한 이야기를 들려달라고 해야겠다.

탈출 작가가 있다면, 비탈출 작가(?)가 있다. 태어난 나라에서 쭉 사는 작가들. 홍콩에 사는 에바, 피지 섬에 사는 메리, 아르헨티나에서 나고 자란 마리나, 나이지리아에서 온 수네스트 등. 그리고 나는?

코토미와 에바 모두 동양인인 데다 또래여서 우리는 금세 삼총사가 되었다. 그리고 이 둘은 내 시선에서 두 개의 축을 이룬다. 비탈출 작가 vs 탈출 작가. 에바의 첫 소설집 제목은 '이 미친 세상에서 어떻게 사랑을 하며 살아갈 것인가'이다. 홍콩에서 사는 게 만만치 않지만 떠날 수 없다면 어떻게 살 것인가에 관한 이야기. 반면 코토미의 첫 소설은 '이 미친 세상을 어떻게 탈출할 것인가'에 관한 이야기다. 그래서 제목이 '솔로 댄스(탈출 성공담)'다.

자신이 사는 곳을 사랑하기란 너무 어렵지 않은가요?

아이오와에 머무는 동안 연구할 첫 번째 주제가 되지 않을까.

작은 자유

낭독회에 참석하러 학교 건물 중 하나인 삼바 하우스로 향하는 길에 에바와 야스히로를 마주쳤다. 그들은 경사진 언덕을 오르느라 헉헉대고 있었다. 그때, 길가에 정차한 스쿨버스에서 익숙한 사람이 내렸다. 다람쥐처럼 재빠르고 가볍게, 휙.

-코토미 아니야?

에바와 내가 동시에 말했다. 그날 이후 우리는 그녀를 헤르미온느라고 부른다. 코토미는 아무도 알려주지 않았지만 건물의 비밀 통로와 출구를 꿰고 있고, 버스 투어를 하기도 전에 혼자 스쿨버스를 타고 돌아다니며, 메모리얼 유니언과 호텔이 3층에 있는 작은 문으로 연결된다는 사실과, 그 문을 열면 프린터가 있다는 것을 알고 있다. 그런데 스네이프 한 스푼이 첨가된 헤르미온느에 가깝다. 어던가 냉정하기 때문. 헤프게 웃지 않고, 거절을 잘하며 빈 말은 절대 안 한다. 한번은 내가 친교 차원에서 언제 다운 타운에 있는 스시집에 가자고 하자 자신은 스시를 싫어한 다고 했다. "알고 보니 헤르미온느는 스네이프의 딸이었던 거야"라고 나는 코토미에게 말했다. 코토미는 농담인 줄 모르고 "헤르미온느는 스네이프의 딸이 아니야. 스네이프 는 자녀가 없어"라고 대답했다.

그에 비하면 에바는 해리 포터에 가깝다. 만화 주인 공처럼 정의심이 있고 마음이 따뜻하다. 지하 게임방에서 닌텐도를 할 때였다. 최소 네 명의 플레이어가 있어야 게 임 진행을 할 수 있어서 어쩔 수 없이 AI가 나머지 한 명 을 맡는데, 각자도생해야 하는 게임임에도 불구하고 에바 는 "AI에게 질 수 없어!"라고 외치며 AI를 공격한다. 반면, 코토미는 어떻게 하면 모두를 죽일지 계략을 짠다…. 둘은 소설가인데 에바는 소설에서 사람을 절대 죽이지 않고, 코 토미는 사람만 나오면 죽인다. 나는…? 일단 죽인 다음 환 생시킨다.

그래서 나는 자동으로 론이 되었다. 둘에 비하면 게 으른 데다 자다가 웬만한 공식 행사나 수업을 빼먹기 때문 에 '스키퍼skipper'라는 별명을 갖게 되었다. 원체 덜렁거리 는 성격인 데다, 머리가 빠르지 못하니 론이 적합하다.

사실 이들과 있을 때 가장 편할 때는 이들이 만다린어로 얘기할 때다. 내가 없을 때 둘은 만다린어로 대화하다가 내가 나타나면 영어로 말하는 식인데, 가끔은 나랑 있을 때도 만다린어로 대화한다. 가령, 닌텐도 미니게임에서 둘이 같은 편이 되었을 때, 혹은 급하게 서로를 이해시켜야 할 때 등이 그러하다. 그럴 때 내 입장에서는 대화에 빈 공간이 생기는 셈인데, 그 검은 심연이 발생할 때면 나는 푹 쉴 수 있다. 전혀 알아듣지 못하니 아무 책임도, 구속도 없는 기분. 아무것도 발생하지 않는 그 정지의 시간을 나는 좋아하게 되었다. 그런 풍경을 목격한 다른 작가들은 당연히 나도 대화에 참여하고 있다고 생각하는데 나는 만다린어도 광둥어도 일본어도 못 하기 때문에 아무것도 알아들을 수 없고, 그래서 나만 홀로 자유롭다.

탈출의 두 가지 방향

한기에 몸서리치며 깨어났다. 눈부신 여름날이지만 호텔방은 어둑하고 서늘하다. 밤이 되면 오도도 떨 정도다. 낡은 호텔의 미스터리다. 아직 가을도 오지 않았는데 이렇게 추우면 겨울은 얼마나 춥다는 걸까? 아이오와에 사는 한국인 번역가 몽 씨와 요거트 아이스크림을 먹으며 이런 얘기를 나눈 적이 있다.

-몽 씨, 아이오와 겨울이 그렇게 추워요?

-너무 추워서 눈물이 흐르고 그 눈물이 얼어서 눈이 아파요.

그럼 눈물을 만질 수 있겠네, 이런 생각을 하는데 몽 씨는 실눈을 뜨고 고개를 절레절레 저었다.

-여기서는 겨울에 살 수 없어요. 영하 30도….

-그럼 어떻게 살아요?

-못 살아요.

-근데 살잖아요.

-못 살아요.

나는 한국의 살 수 없음과 아이오와의 살 수 없음 모두를 겪어보고 싶었다. 그래야 두 가지의 살 수 없음 중 어느 편에 설지 알 수 있을 테니까.

방에서 담요를 덮고 원고를 쓰다가 너무 추워서 편지를 끄적였다. 아이오와 하우스 호텔 매니저에게 부치는 편지였다.

아이오와 하우스 호텔에 부치는
한 투숙객의 긴 호소장

안녕하세요. 저는 이 호텔에 머물고 있는 시인입니다. 우선 이렇게 편지를 드리는 점을 죄송하게 생각합니다. 다만, 제 전망이 걸린 사안이기에 이렇게 몇 자 끄적입니다. 제 방은 정북향입니다. 그래서 해가 들지 않습니다. 호텔은 사각형으로, 안쪽에 위치한 방은 사면이 벽으로 둘러싸여 그늘이 지지요. 아, 오해는 마세요. 그늘진 삶에 불만이 있는 것은 아닙니다. 그것은 작가에게 더없이 좋은 글쓰기 양분이 되니까요. 저는 제 방에서 단풍나무 그늘이 드리우는, 잔잔한 아이오와 강물을 보지 못해도 괜찮습니다. 그 유구한 강물에 반사되어 소리 없이 빛나는 자글한 햇빛을 보지 못해도 괜찮습니다. 매일 모습을 달리하는 늠름한 나무와 나뭇가지에 앉았다 가는 새들의 모습을 보지 못해도 괜찮습니다. 벤치에 앉아 꾸벅꾸벅 조는 이의 뒷모습과 그 앞을 몰래 지나가는 오리와 토끼를 보지 못해도 괜찮습니다. 다만, 저는 소량의 햇빛을 갈망합니다. 제 전망이 벽으로 가로막혀 있다 하더라도 말입니다. 저는 이 호텔에 묵으며 전망 없음에도 다양성이 있다는 사실을 발견했습니다. 어떤 작가는 저처럼 벽 뷰를 배정받았지만 약간의 햇빛을 쬘 수 있다고 합니다. 그는 그 햇빛에 발가락을 담그지요. 제 방은 북향이기에 한 줌의 햇살도 들어오지 않습니다. 한기로 인해 낮에도 수면 양말을 신고 지내야 하고 밤에는 잠을 이루기 어렵습니다. 악몽을 꾸다가 깨기 일쑤죠. 물론 악몽을 꾸는 삶에 불만이 있는 것은 아닙니다. 악몽은 시가 되니까요. 다만, 그다음 날 부족한 수면으로 인해 프로그램에 집중하기가 어렵습니다. 아이오와에 온 지 벌써 3주째이고 앞으로 몇 달을 이곳에서 지내야 합니다. 겨울이 가까워지면 아이오와는 더 추워진다고 들었습니다. 저는 전망 없는 작가로 사는 것에 지쳤습니다. 제게 약간의 전망과 햇빛을 허락해주신다면 진심으로 감사하겠습니다. 읽어주셔서 감사합니다.

＝＝＝＝＝＝＝＝＝＝＝＝＝＝＝＝＝＝

그리고 일주일 넘게 편지를 (회사원 사직서처럼) 가방에 품고 다녔다. 하지만 호텔 매니저에게 선뜻 편지를 건넬 용기가 서지 않았다. 내 요구가 정당한 건지, 진상 짓을 하는 건 아닌지 걱정이 되어서였다. 마음을 단단히 먹고 1층으로 내려갔는데, 매니저의 차가운 눈초리에 편지를 건넬 엄두가 나지 않아 슬금슬금 뒷걸음질 쳐 호텔과 연결된 메모리얼관으로 갔다. 연결 통로에 어수선하게 놓여 있는 노란 소파에 앉아 있는데 한 손에 붉은 부채를 든 피지 섬 작가 메리가 나타났다. 작고 다부진 메리는 IWP 작가 중 최고령자다. 메리는 마음 붙이고 글을 쓸 수 있는 공간을 찾아 방황하고 있었다. 그래서 프레리 라이츠 서점에 딸려 있는 카페를 추천해주었다. 메리는 내게 고맙고 말하고 카페로 떠났는데 1분 뒤에 돌아왔다. 밖에 비가 온다는 거였다. 메리는 내 얼굴에 드리운 근심을 알아보고는 손에 쥔 편지가 무엇이냐고 물었다. 사정을 설명하니 성큼 다가와 내 옆에 앉았다. 다홍색 천 머리띠를 단단하게 두른 메리 할머니. 폭풍이 불어도 머리카락 한 올 날리지 않을 것 같다. 그녀는 예리한 질문을 던져 대화의 핵심에 금세 도달한다. 딱 필요한 만큼 계단을 밟고 원하는 곳에 당도하는 단호한 이의 발뒤꿈치가 떠오른다. 메리가 내게 말했다.

　-문, 너의 요구는 정당해. 이 프로그램은 우리가 이곳에서 편하게 지내게 할 책임이 있거든. 그 편지를 매니저에게 전달해.

　그런 그녀가 교장 선생님 같고 무당 같다. 그녀의 조언에는 주술적인 면이 있다. 뭐랄까, 엎드리고 믿게 된다. 따르지 않으면 액운이 닥칠 것 같다…. 호텔에 방이 남아도는 것도 아닌데 성가신 사람이 된 기분이라고 걱정하자,

메리가 말했다. "Moon, listen." 그러고는 고개를 한 번 끄덕이며 자신의 두 눈을 똑바로 쳐다보게 했다. (무서운 메리 할머니….)

　-우리는 태생적으로 성가신 존재야(We are born to be annoying). 작가가 왜 있어? 세상을 성가시게 하라고 태어난 거 아니니? 문제가 있으면 우리는 글을 써야 해. 우리가 돈이 있니 깡이 있니, 뭐가 있니…? 가진 건 글 빨뿐.

　난 그 말에 웃음이 터졌다. 메리는 내 편지에서 몇 가지 문법적인 오류를 교정해주었다. 그리고 부채의 모서리로 편지지를 짚으며 첫머리와 말미에 내 이름 석 자를 정확히 기입하란다. 그리고 받는 사람의 이름도 쓰라고. 다음, 편지를 모서리를 맞춰 깔끔하게 두 번 접은 뒤 봉투를 준비해 겉면에 수신인의 이름을 쓰란다. 나는 메리가 시키는 대로 다 했다. 안 그러면 정말 액운이 닥칠 것 같아서…. 지시를 성실하게 따른 뒤 메리에게 카운터에 동행해줄 수 있는지 물었고, 메리는 신뢰감 있는 눈빛으로 기꺼이 그러겠다고 했다. 나는 부채를 든 무당을 등에 업고 호기롭게 카운터로 향했다. 그런데 메리가 보이지 않았다. 돌아보니 메리는 기둥 뒤에 숨어 있었다….

　해서, 나는 없는 용기를 끌어 모아 데스크 직원에게

편지를 전달했다. 그는 호텔 매니저가 자리를 비웠으니 돌아오면 전달하겠단다. 어찌 됐건 편지를 전송하는 데 성공한 것이다. 메리는 자축할 겸 커피를 마시러 가자고 했다. 하늘은 짙푸르렀고 비는 그새 그쳐 있었다. "1분짜리 비였나 보네. 나를 너에게 보내는 비였나 봐." 무당이 말했다. 과연 그녀를 나에게 보내려고 저쪽에서 급하게 수도를 틀었다가 잠근 모양이다.

일정을 마치고 돌아오니 방문 아래 편지가 있었다. 호텔 매니저의 답장이었다. 방이 두 개 남아 있으니 원하는 곳으로 바꾸어주겠다고. 나는 뛸 듯이 기뻐하며 데스크로 내려갔다. 호텔 직원 마크가 따라오라며 첫 번째 방을 보여주었다. 아, 그 풍경을 잊을 수 없다. 햇살이 쏟아지는 방이었다. 햇살에 푹 담갔다 건진 방이랄까. 울먹이는 나를 보더니, 마크도 뿌듯한 모양이었다. 그가 물었다. "남은 방 하나 더 보여줄까?" "아니, 더 바라면 벌 받을 것 같아." 나는 한동안 침대에 앉아 창밖으로 보이는 아이오와강을 바라보았다. 가만히 서 있지만 어디론가 무구히 흘러가는 듯한 단풍나무, 칠이 벗겨진 오래된 나무다리와 여리디여린 풀잎을. 나는 전망 있는 작가가 된 것이다….

이후, 전망 없는 작가 모임에서 아프리카 작가 부시

가 이런 얘기를 했다. 부시는 침대에 앉아 창밖을 보고 있었다. 그녀는 자신의 막힌 전망에 대해 가만히 생각하다가 창밖으로 고개를 내밀어 보았다. 사면이 벽으로 둘러싸인 광장에는 에어컨 실외기, 연통, 그리고 쓰레기 따위가 있었다. 부시는 그 풍경을 보며 문득 '탈출해볼까' 하는 호기심이 일었다. 높아서 뛰어내릴 수는 없으니 2층에 사는 수리남 작가 라울에게 부탁을 했더랬다.

"네 방을 잠깐 빌려줄 수 있을까? 탈출을 할 수 있는지 확인해보게."

부시는 라울의 창문을 타 넘고 황량한 광장으로 나갔다. 나가서 뭘 했냐고? 아무것도 하지 않았다. 다만, 탈출이 가능하다는 사실을 알게 되었다. 두피에 바짝 붙여 땋아 내리는 아프리카 전통 헤어스타일인 콘로우를 고수하는 부시. 균일하게 땋은 무수한 갈래의 머리는 단단한 밧줄 같다. 광장 한가운데 선 부시는 고개를 들어 하늘을 올려다봤다. (부시에게는 아기 장수 우투리 같은 영험한 기운이 있다⋯.) 호텔 창문이 즐비했고, 어떤 남성이 쾅! 하고 창문을 닫았다. 나는 탈출의 두 가지 방향에 대해 생각했다. 나의 탈출이 내면에서 외부로의 탈출이라면, 부시의 탈출은 역방향의 탈출이리라. 일명 내면에서 내면의 핵으로의 탈출.

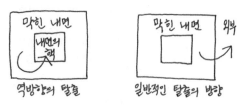

탈출의 두 가지 방향

여기서 흥미로운 공식을 도출할 수 있다.

막힘+더 막힘=뚫림(아이러니)이라는 도식.

내부에서 더 진한 내부로 뛰어드는 것도 일종의 탈출인 셈이다.

작가스럽지 않은 클럽

아침부터 정신이 없었다. 아이오와 대학 이메일에 접속이 안 되는데, 모두 같은 문제를 겪고 있어서 올드 캐피톨 몰(다운타운의 작은 쇼핑센터)의 UI 센터에 갔다. 하지만 문제를 해결하지 못한 채 아서와 브렌다와 근처 식당에서 복숭아 구움 샐러드를 먹었다. 구운 치즈는 꼭 치킨 텐더 같은 질감이었고, 복숭아는 따뜻했다. 신기한 샐러드였다. 치즈는 너무 짜서 반 이상을 남겼다.

점심을 먹고 아이오와 대학 학부 수업인 세계 문학 수업을 들으러 갔다. IWP 작가들이 돌아가며 수업을 하는데 오늘 수업은 츠베타와 라울 그리고 케빈이 맡았다. 츠베타의 시가 인상 깊었다. 〈기적 탐지기〉라는 시에는 이런 문장이 있다. '비밀이 우리의 세계를 구성한다.' '우리의 소망이 암흑 물질에 끼어 있다.' 또 다른 시에는 이런 문장이 있다. '달은 아마 양성애자일 것이다. 어쨌거나 중요한 건 친구라는 것이다.' '우리의 뇌가 현재라고 느끼는 건 사실 3초 이후의 미래다.'

물리학을 전공한 그녀의 시에는 관련 개념이 심심찮게 등장한다. 사실 츠베타의 영어를 제대로 알아듣진 못했지만 자신의 출생지와 언어에 관한 여러 이야기를 하는 듯했다. 자신이 불가리아에서 나고 자랐는데 어떠한 연유로 독일로 건너가 살게 되었다는 이야기. 여기에 와서 느끼는 것 중 하나가 정체성에 관한 것인데 작가들은 자기 나라와 언어, 그리고 배경에 관한 이야기를 많이 한다. 이런 이야기를 들을 때 내가 얼마나 나의 배경에 무심했는지 생각하게 된다. 그런 고민을 하지 않아도 된다는 건 특권인지도 모른다. 그리고 내가 폐쇄적인 사회에서 살았다는 사실을 반증하는 것이기도 하고. 평생 한국에서 나고 자랐으니, 인종적 정체성이나 뿌리에 관한 고민을 해본 적이 없는데, 그로 인해 내가 느끼는 감정은 머쓱함 혹은 죄송스러움인 것 같다.

많은 IWP 작가가 자신의 근원, 모국의 문화, 정치 상황, 역사 등을 개관하는 것으로 시작해 자신의 글쓰기를 설명한다. 세계가 자신의 글쓰기에 미친 영향, 그리고 자신이 세상을 대하는 태도 그리고 둘의 연결고리에 관해 논

한다. 나의 시를 설명하는 데 반드시 한국을 소개하는 과정을 거쳐야 하는 것은 아닌데, 그건 내가 한국 문화의 영향을 받지 않아서가 아니라 반대로 한국을 외부인의 시각에서 바라볼 기회가 없었기 때문일 것이다. 영향 관계가 내적으로 이루어지고 있기 때문에 그것에 대해 진지하게 생각해본 적이 없었던 것이다. 내 생각에 모국에 대해 입체적으로 탐구하는 작가들은 대체로 자의 혹은 타의로 자신의 나라를 떠난 작가들인 것 같다. 그들은 보다 큰 맥락에서 모국을 바라보는 시각을 형성하게 되고, 한 나라에서만 살았던 사람과는 다른 그들만의 시각을 갖게 된다. 그런 문학을 이민자 문학, 디아스포라 문학이라 부르며, 수많은 이민자로 구성된 나라인 만큼 이곳에서는 이민자 문학에 관한 논의가 활발하다.

한번은 작가들이 내가 쓴 논픽션에 관해 물었는데, 분단국가의 시민으로 살아가는 것에 대한 이야기를 기대하는 듯했다. 하지만 그들이 원하는 대답을 내놓지 못했다. 에바는 학부 수업 때 홍콩에 관한 이야기를, 코토미는 대만과 일본에 관한 이야기를 할 거라는데, 나는 어떤 강의를 해야 할지 감이 오지 않는다.

라울은 수리남 출신인데 네덜란드에 산다. 그는 네덜란드인 어머니와 수리남인 아버지 사이에서 태어났는데,

아버지를 본 적이 없고 평생 네덜란드에서 살았다. 그는 작가가 된 이후 수리남으로 돌아가 자신의 뿌리를 찾는 여정을 시작했고 그렇게 쓴 책이 성공을 거두었다. 케빈 역시 독일에 거주하지만 자신의 고향인 대만에 관한 책을 썼다. 그런 이야기들. 자신의 뿌리에 관한 이야기.

자전적인 요소가 강한, 그러니까 어쩌면 살면서 단 한 번 쓸 수 있는 단 하나의 이야기. 평생에 단 한 번만 쓸 수 있는 책, 이라고 생각하면 무서워서 읽을 수가 없다. 그럼, 평생 반복해서 쓸 수 있는 지루한 이야기는? 라울은 아버지의 얼굴을 평생 모르고 살았는데 어느 날 신문에서 '내 아들, 라울을 찾습니다'라는 광고를 우연히 보게 되었다. 그리하여 그는 20년 만에 아버지를 만나게 된다. 그리고 아무도 2G폰을 쓰지 않는 세상에서 아버지도 자신과 같이 2G폰을 쓰는 것을 발견했다. 그걸 보고 라울은 생각했단다. '아, 어쩌면 나는 내가 발명한 게 아닐 수도 있겠다!(oh, I didn't invented myself!)'라고. 케빈은 대만 사람들은 호텔 방에 들어가기 전에 빈 방문을 두드린다고 했다. 방 안에 귀신이 있다고 믿는 전통 때문이다. 들어가기 전에 문을 두드리면 귀신이 '이놈은 겸손하군' 하고 생각하며 스르르 물러난다는 거였다. 커다란 비닐에 가득 담겨 있는 강냉이 같은 이야기들. 아무리 먹어도 줄지 않을 것 같아서 안심이 되는 작은 이야기들.

　　수업을 마치고 잔디밭을 걷는데 코토미로부터 어디냐는 문자가 왔다. '그냥 걷고 있어. 밥을 먹을 생각이야. 넌 어디야?' 코토미는 에바와 올드 캐피톨 몰에서 저녁을 먹고 있단다. 그래서 얼굴이라도 볼 겸 올드 캐피톨 몰에 갔다가 '사이공 모퉁이에 있는 진정한 요리집'에서 도시락을 사 먹고 함께 숙소로 돌아왔다. 이곳에 온 지 몇 주 흘렀을 때 아자르와 타미를 중심으로 'writerly club'이라는 모임이 생겼다. 술 마시는 클럽이다. 'writerly'는 '작가스러운'이라는 뜻이다. 여기서 술과 관련된 모든 것은 작가스러운 무언가(writerly)로 직결되는 모양인데 그러한 풍토를 저지하기 위해 에바와 나와 코토미는 일종의 야당(opposition party)으로서 지하 게임방 클럽을 개설했다. '작가스럽지 못한 클럽(non-writerly club)'으로, 술을 마시지 않는 작가들을 위한 클럽이다. 아이스크림을 먹고 주스를 마시며 보드게임과 닌텐도를 한다. 아무도 우리가 '작가스러운 클럽'에 대항하고 있는지 모르지만, 우리는 지하 게임방이 문을 닫을 때까지 닌텐도를 한다. 난 매번 꼴등을 하지만 꼴등이 영어로 뭔지 몰라서 "난 꼴등이야!"라고 말할 수 없었고 그래서 꼴등을 면한 기분이다.

길을 몰라, 기적에 의해 구원받을 뿐

며칠 전 금색 링 귀고리를 끼고 열 손가락에 빨간 매니큐어를 바른 오릿이 성큼 다가오더니, 언젠가 자신에게 데이트 신청을 하라고 했다. 웬만하면 거절하지 않겠다며. 그렇게 오릿은 내게 윙크를 날렸다. 귀여운 아줌마다.

오늘의 영시 토론US poetry today discussion에 참석했다가 올드 캐피톨 몰에 있는 쌀국수 집을 방문했다. 컨디션이 난조인 데다 감기 기운이 있었는데 국물을 들이켜니 한결 나았다. 작가들에 따르면 이 집이 쌀국수 명당이란다. 그래봤자 쌀국수인데 뭐가 다를까 싶었는데 면발이 젤리처럼 쫀득한 게 심상치 않고, 국물은 진하고 구수하다. 오릿은 이 식당이 아이오와에서 최고라며 감탄했다. 오릿은 감탄맨으로, 고개를 우아하게 저으며 눈을 지그시 감고 가슴에 손을 얹는다. 그리고 말한다. "방금 난 죽었다." 나

46

무를 봐도 죽고, 시 낭독을 들어도 죽고, 옥수수밭을 봐도 죽고, 강을 건너는 새끼 오리를 봐도 죽고, 너무 많은 것들이 오릿을 죽인다.

그림책 작가이자 시인인 오릿은 IWP 작가 중 처음으로 내 시에 관해 피드백을 준 작가다. 내 시에 장난기가 많다며 더 읽고 싶다는 것이다. 그러면서 카프카가 산문시를 썼는데 그게 내 시와 유사하단다. 카프카는 시를 쓴 적이 없다. 그는 짧은 산문이나 마이크로 소설을 쓴 적은 있지만 본인 스스로 그것들을 시라고 규정하지 않았다. 나만 그의 짧은 산문을 시라고 생각하는 줄 알았는데, 같은 생각을 하는 사람을 만나서 반가웠다. 그날도 오릿은 내 시가 자기를 죽였다며 가슴에 손을 얹었다. 나중에 보니 오릿은 하루에도 여러 번 죽을 수 있는 사람이었다. 그리고 오늘은 쌀국수가 오릿을 죽였다.

본래 계획은 오릿과 둘이 저녁을 먹는 것이었는데, 핀란드 작가 리타도 함께 먹게 되었다. 아직 리타와는 어색하다. 쉽게 친해지기 어려운 작가 중 한 명이 리타인데, 이유를 잘 모르겠다. 무민을 좋아한다고 어필했지만 리타는 이미 그 이야기를 지겹게 들은 모양이었다. 리타는 아이오와에 온 지 2주나 지났기 때문에 이제는 슬슬 글쓰기 루틴을 형성해야 한단다. 그래서 오릿과 리타는 매일 오전

9시에 도서관의 비밀의 방에 간다고 했다. 그곳에서 각자 명상을 하고 하루를 시작한다고. 그들은 이곳에서 루틴을 만들고 집필에 들어가면 모든 게 글쓰기의 음식이 될 거라고 했다. 글쓰기의 음식이라니, 그 말이 웃겼다.

하기야 아이오와에 글을 쓰러 온 거였지. 그런데 딱히 글은 쓰지 못했다. 첫 주는 온갖 오티로 빠르게 지나갔다. 둘째 주도 온갖 오티에 불려 다녔다. 몇몇 작가는 3개월밖에 머물지 않는데 왜 이렇게 오티가 많으냐며 글을 쓸 시간이 없다고 불평하기도 한다. 그리고 많은 작가가 이제 글을 써야 한다는 말을 입에 달고 살지만 실제로 글 쓰는 사람은 아직 못 봤다. 그런데 떠나는 날까지 오티를 해도 재밌겠다. 마지막 날까지 아이오와에 대한 오티를 듣는 거지. 그러면 떠날 때 덜 슬프지 않을까?

리타는 동시다발 엽서 시를 쓴 적이 있다고 한다. 25장의 엽서를 준비한 뒤, 각 엽서에 매일 단어 하나를 적는다. 그리고 매일 한 단어씩 추가한다. 작은 바위를 밀어 전진시키듯 25장의 시를 동시에 쓰는 것이다. 원칙은 절대로 문장을 수정하지 않을 것, 그리고 하루에 한 단어 이상 쓰지 않을 것. 25편의 시에 단어를 하나씩 추가하는 데 평균 1시간 정도 소요된다고 한다. 그 이야기를 들은 오릿이 내게 당장 엽서를 사러 가자고 했다. 같이 시를 쓰자고.

-어떻게?

-네가 엽서에 첫 단어를 쓰고 그 엽서를 내 방문 아래 밀어 넣어. 그럼 아침에 내가 단어를 추가해서 네 방으로 배달할게.

-아침에 단어 하나가 추가된 시가 배달된다고?

밥을 먹고 리타는 글을 쓰러 돌아갔고 나와 오릿은 프레리 라이츠 서점에 엽서를 사러 갔다. 서점으로 가는 길을 아냐고 물으니 그녀는 두 눈을 휘둥그레 뜬다.

-내가 알겠어? 그저 언제나 기적에 의해 구원받을 뿐이야(Are you asking me? I am always saved by miracles).

길 잃은 인간이 할 말인가 싶기도 하지만 재미있는 말이다.

-그냥 걷자. 그러면 뭔가 좋은 일이 일어날 거야(Let's just walk, something good will happen to us).

그렇게 오릿은 앞서 걸었는데 돌연 뒤를 돌더니 심각한 표정을 짓는다.

-나도 점프를 하고 싶어.

-갑자기?

-네 시에는 점프가 있는데 나도 하고 싶다고.

-아.

-그런데 난 혼자 점프 못 해. 나를 쏴줄 뭔가가 필요해. 혹은 친구가.

-사실 둘은 같은 거고.

오릿이 자신이 점프할 수 있게 발판이 되어달란다. 그래서 난 엎드리는 자세를 취했다.

-엽서에 아름다운 문장을 적어줘.

오릿이 주문했다.

-그런데 나는 영어로 시를 써본 적이 없는데?

-더 좋지! 쓰레기 같은 걸 써도 너는 모를 테니까!(Even better! Even if you write something terrible, you will not know!)

오릿이 답했다. 언어를 낯설게 느끼는 만큼 더 좋은 걸 만들 확률이 높을 거란다. 일전에 선오가 들려준 일화가 떠올랐다. 존 케이지는 미국에 온 백남준에게 영어가 유창해지기 전에 많은 글을 써놓으라고 했다. 언어가 불완전할 때만 쓸 수 있는 글이 있으니까.

걷다 보니 프레리 라이츠 서점이 나타났다.

오릿은 서점 곳곳을 둘러보더니, 어서 자신을 여기서 끄집어내달라고, 안 그러면 이 서점을 통째로 매수해버릴지도 모른단다. 진짜 못 말린다. 엽서를 골라달라고 하자

50

오릿은 두 가지 색으로 구성된 그림엽서를 골랐다. 왜 그 엽서를 골랐냐고 물으니 두 개의 색이 있으니 하나의 색에서 다른 색으로 점프할 수 있단다.

　-우리가 점프하면 언제나 복잡하고 재미난 일이 일어나.

　돌아오는 길에 나는 오릿에게 내가 좋아하는 나무 길을 보여줬다. 나는 나무에 관심이 없는데 이 길을 걸은 이후로 관심이 생겼다고 말하자, 오릿은 도서관에 있는 마법 같은 나무를 봤느냐고 물었다. 그 나무의 잎사귀가 너무 아름다워서 떠날 때 캐리어에 담아 가고 싶다는 거였다.

　-캐리어에 담아 갈 작은 잎사귀 하나만 떼어 가도 될까요?

　그녀는 언젠가 나무에게 그렇게 물어보겠다고 했다.

　숙소에 돌아와 오릿에게 내 시집과 한국에서 가져온 부채 모양의 책갈피와 샘플북 그리고 편지를 주었다. 그러자 오릿은 가슴에 내가 준 선물을 품고 도망치면서 말했다.

　-난 이제 바빠. 이 책을 읽어야 하거든. 더 이상 너에게 관심 없어, 네 책이 있으니. 빠이!

　그러더니 휭 하고 자기 방으로 뛰어간다. 그 모습이 만화 캐릭터 같아서 그림으로 그려 보관하고 싶었다.

　난 아이오와에 와서 완전히 아이가 되어버렸다.

p.s. 오릿에게 쓴 편지

안녕, 오릿. 문이야. 만나서 반가워. 이 편지를 쓰는 이유는 네 이름에 관해 할 말이 있어서야. 프로그램 시작 전, 웹페이지에서 너의 이름을 봤을 때 나는 'orit'을 'orbit(궤도)'으로 착각했어. 어떤 대상이 중력의 영향으로 다른 대상의 주위를 회전하는 경로를 뜻하는 궤도 말이야. 우주와 관련된 이 아름다운 단어에 나는 매료되었어. 네 이름을 오해했지만, 아름다운 오해였던 것 같아. 그리고 네가 이 오해를 사랑할 것을 알아.

How are you 증후군

나는 'How are you?'에 양가적인 입장을 갖고 있다. 미국에 와서 놀란 점 하나는 동양인을 제외하고는 '아임 파인 땡큐, 앤 유?'를 잘 사용하지 않는다는 점이다. 사람들은 '아임 굿'이랄지, '필링 그레이트' 등 제각각 다른 답변을 내놓는다. 내 경우, 한국에서 수십 년간 조련된 결과 기계적으로 '아임 파인 땡큐, 앤 유?'가 튀어나온다. 상하이에서 온 루시도 'How are you?'에는 좀 열받는 구석이 있다고 했다.

　-중국에서는 'How are you?'를 안 쓰거든. 네가 괜찮은지 아닌지 안 궁금하니까. 기껏해야 밥 먹었냐고 묻는데, 그건 '응, 아니오'로 간단하게 대답할 수 있잖아? 그런데 'How are you?'는 주관식이잖아…. 그래서 나는 대충 'I'm good'이라고 대답해. 기분

이 안 좋은 날에도 아임 굿. 비 오는 날에도 아임 굿. 돈 날린 날에도 아임 굿. 이별한 날에도 아임 굿. 그러다 보니 슬슬 열받더라고? 그래서 복수를 하기로 했어. 이제는 적극적으로 사람들을 쫓아다니면서 물어. 상태 안 좋아 보이는 인간들 위주로…. 'How are you?' 그는 답해. 'I'm good….'

루시는 말했다.

확실히 'How are you?'는 비경제적인 인사말이다. 이 인사말에 대한 답은 그때그때 다르며, 때로는 창의력까지 요구된다. 그러나 진짜 병폐는 'and you?'에 있다. 상대방도 눈치껏 'I'm good'이랄지, 'I'm great, have a nice day' 등의 대답을 내놓으면 괜찮지만 'Actually…' 혹은 'Honestly…' 따위로 물꼬를 튼다면 당신은 'How are you?'의 덫에 걸린 것이다. 잘못 걸리면 족히 30분은 날아간다. 한 친구는 파티에서 만난 사람에게, 'and you?' 하고 예의상 화답했을 뿐인데, 상대방이 몇 달 전에 돌아가신 할머니 이야기를 꺼내더니 구두 자서전을 썼다고.

그래서 미국에 온 지 몇 주 동안은 이놈의 'How are you?' 때문에 고역이었다. 그런데 사람의 말을 끊는 재능이 없을뿐더러 솔직히 남의 이야기를 듣는 걸 좋아하는 편이라 딱히 불편함은 느끼지 못했는데(너무하다 싶으면, 이

건 일종의 어학연수다, 하고 생각해버리는 편) 고통을 호소하는 IWP 작가들이 속출하기 시작했다. 같은 호텔에서 지내는 데다 연달아 공식 행사를 치르면서 공통적으로 거리를 두는 작가가 생겼는데, 그중 하나가 'How are you 마왕'이다. 이분에게 잘못 걸리면 한두 시간씩 붙들리게 된다. 처음엔 선의로 How are you 마왕의 이야기를 들어주던 작가들은 어느 순간 그의 방에 가 있는 자신을 발견하게 되고, 부탁이나 심부름(약국에 가서 약을 사다달라, 우체국에 갈 때 소포 좀 부쳐달라, 물 좀 끓여달라…)을 들어주는 자신을 발견하게 된다. '뭔가 이상한데?' 하고 생각하는 순간 당신은 이미 덫에 걸린 것. 'How are you?'의 피해자들은 이 문제를 어떻게 해결할지 고민했다. 그리고 한 명이 이런 제안을 했다.

　　-그 사람을 칭찬하자.

　　'How are you?'의 대체 인사말로 칭찬을 해버리는 게 어떻겠냐는 아이디어였다.

　　-You look great, today!(오늘 좋아 보이는걸!)

　　이랄지.

　　-Oh, hey, I like your glasses!(안경 멋지다!)

　　랄지.

-What a wonderful coat! (오~ 코트 멋있는데!)

'How are you?'를 칭찬으로 때우고 도망가기. 근황 고백을 원천 봉쇄하고 런 하기…. 그리고 즉시 'see you later'로 풀칠하기. 마무리 작업을 한 뒤에는 미소와 함께 잰걸음으로 현장을 빠져나오면 된다. 작가들은 How are you 마왕의 표적이 되는 순간, 어떻게든 칭찬할 만한 부분을 생각해냈고, 막상 칭찬을 하니 본인도 기분이 좋아졌다. 그리고 그와 마주칠 때마다 사람들이 온갖 칭찬을 해주었으니, 결론적으로 How are you 마왕은 IWP 작가 중 가장 많은 사랑을 받은 작가가 된 셈이다.

p.s. 그런데 'How are you'의 가장 고약한 점은 내 상태가 어떤지, 내가 어떻게 지내는지 자문하게 만든다는 점이다. '지금 내 기분이 어떻지?' '최근에 무슨 일이 있었더라?' 그런 질문을 던지다가 분노하는 수순을 밟게 된다…. '아 맞다, 나 기분 별로지' 하고 잊은 일을 되살려내는 힘이 이 인사말에 있다…. 그러니까, 'How are you'의 가장 큰 문제는 나를 돌아보게 한다는 것이다.

다른 바람이 느껴질 거야

라떼 두 잔을 들고 다운타운의 커피숍 자바 하우스의 야외 테라스로 나갔다. 오늘은 웬디의 영어 수업이 있는 날이다. 빨간 머리를 양 갈래로 땋은 웬디 할머니. 프레리 라이츠 서점 직원인 그녀는 IWP와 연이 있어서 행사에서도 자주 얼굴을 볼 수 있다. 웬디는 영어에 어려움을 겪는 작가들에게 무료로 영어 수업을 해준다. 주로 낭독회와 강연 준비를 도와주는데, 아랍에미리트 작가 알리도 웬디에게 상당한 도움을 받았단다. 그 얘기를 듣고 웬디에게 연락했더니, 기꺼이 나를 도와주겠다며 자바 하우스로 오라고 했다.

제대로 된 인사를 나누기도 전에, 웬디는 집 앞에 설치한 cctv에 찍힌 어젯밤 영상을 내게 보여주었다. 'bird camera'라는 건데, 영상에는 새들의 모습이 담겨 있었다.

곧이어 사슴 서너 마리가 어슬렁거리며 나타났다. 한 마리가 카메라 렌즈에 코를 비비더니 혀로 렌즈를 핥았다. 웬디는 사슴의 콧구멍이 담긴 이 멋진 영상을 왓츠앱으로 보내주겠다고 했다. 나는 커피를 홀짝이며 그녀의 이야기를 들었다. 어쩌다 아이오와에 오게 되었는지, 그리고 아이오와가 너무 좋아서 집까지 장만하게 되었다는 이야기 등을.

웬디는 내게 낭독회와 강연 원고를 쭉 읽게 했다. 그리고 다 듣고 난 뒤에는 알 수 없는 표정을 지었다.

-네 머릿속엔 디즈니랜드가 있니?

낭독회나 북토크를 많이 가봤지만 그중에 내가 가장 크레이지스트란다. 그래서 나는 한국어에 비슷한 말로 '너 머리 꽃밭이니?'라는 표현이 있다고 알려주었다. 그다음부터는 내가 누구를 언급하면 "Is she crazy like you?" 하고 묻는다. 한쪽 입꼬리를 올리고, 정체를 안다는 듯한 공모의 눈빛을 날리며 말이다. 웃긴 할머니다.

웬디는 이어서 내게 발음에 관한 몇 가지 조언을 해주었다.

-'Hug a tree'에서 'Hug'는 더 깊게 내려가야 해. 침잠해야 해. 목소리를 지하로 보내버려. '허그'가 아니라 '흐그'에 가깝게.

'포옹은 더 아래로 내려가야 한다.' 나는 메모했다.

그리고 아시아인이 특히 취약한 발음인 'r'을 반복 연습했는데, 'word'와 'world' 때문에 애를 먹었다.

-'world'는 혓바닥이 앞니의 뒷면에 닿아야 해.

-세상에 닿기가 힘듭니다.

-입을 열듯이!

-세상이 안 열려요.

-열거라.

그놈의 혀를 천장에 갖다 대라는데 평소와 다른 방식으로 혀를 쓰려고 하니 부자연스러웠다. 그리고 낭독할 시에 'windy'라는 단어가 있었는데, 웬디는 그 단어를 자신의 이름인 'wendy'와 구분하는 방식으로 발음을 설명했다.

-손으로 입을 가려 봐.

-네.

-그리고 'wendy' 해봐. 어때? 입에서 바람이 불지?

-제 입 냄새가 나요.

-'windy'는 좀 더 짧고, 입에서 바람이 불지 않아.

-둘 다 바람이 부는 것 같은데….

-'wound(상처)'도 마찬가지야. 상처를 발음할 땐 약간의 바람이 불도록 해.

-모르겠습니다.

-인위적으로 말고, 자연스럽게. 다른 바람이 느껴질 거야. 내 이름은 퍼지는 바람인 반면 'wound'는 살며시 등으로 밀듯이 부는 바람이야.

'상처에서 바람이 분다.' 나는 메모했다.

그 외에도 'live'와 'leave'의 발음을 교정해주었는데 사실 두 발음을 정확하게 구분하지 못해도 괜찮겠다는 생각이 들었다.

I want to live here.

I want to leave here.

살다와 떠나다를 구별할 수 없다면, 내가 여기 살고 싶다고 말할 때 너는 내가 떠나고 싶어 한다고 이해하겠지. 이젠 떠나고 싶다고 말하면 여기서 살고 싶다는 뜻으로 이해하겠지. 그건 좋은 걸까 나쁜 걸까 아름다운 걸까. 그건 어두운 밤, 강을 건너는 새끼 오리 같은 것이거나 내가 좋아하는 들판의 나무들처럼 슬프겠지. 살고 싶다는 말은 떠나고 싶다는 말에 지나지 않다는 것을. 아이오와에 오기 전까지만 해도 두 단어는 내게 정반대의 의미를 지닌 단어였지만 이제 이 단어는 아주 가깝고 유사한 의미를 지니게 되었다. '자신이 사는 곳을 사랑하기란 얼마나 어려운가요?' 이 질문은 아이오와에 온 날부터 내 마음 한편에 씨앗처럼 심어졌고 이제는 싹을 틔워버렸다.

웬디는 잘 모르겠으면 'live'는 짧게 내뱉어버리고 'leave'는 길게 발음한 뒤 약간의 여운을 남기라고 했다. 아아 알겠어.

삶은 짧은 거고 떠남은 긴 거구나.

나는 이렇게 기억하기로.

웬디가 잠깐 화장실을 갔을 때, 주위를 돌아보다가 옆 테이블에 있던 폴란드 작가 아서와 눈이 마주쳤다. 그러나 인사를 건네는 순간 아서가 아니라는 것을 깨달았다. 그는 아서와 닮은 아이오와 시민이었다. 미국인들은 모르는 사람에게도 인사를 거니까 나는 그의 노트북이 멋지다고 스몰토크를 시전했는데, 그가 나더러 IWP 작가냐고 물었다. 대화를 엿들었다고. "응, 맞아. 시끄러웠지, 미안해. 내 영어가 부족해서 도와주고 있어"라고 말하니 그의 전부인도 IWP 작가였단다. 10년 전 즈음에 카자흐스탄에서 온 작가와 우연히 자바 하우스에서 만나 사랑에 빠져 결혼까지 했다고. 그들은 아이오와에서 결혼 생활을 했지만 몇 년 전 이혼을 했고 그녀는 본국으로 돌아갔다는데, 그는 그런 무시무시한 얘기를 전래동화처럼 들려주었다. (미국인들이란… 난 그런 점을 높게 산다.) 그런데도 그는 여전히 자바 하우스에 와서 노트북을 켜고 일을 한다. 이제 그와 아

61

서를 헷갈려도 괜찮겠다. 그도 아는 사람이 되었으니까.

웬디에게 내 책을 선물하고, 프레리 라이츠 서점에도 몇 권을 기증했다.

옥수수밭 농장 투어

어제는 코토미의 책을 읽다가 잤다. 코토미에게 할 질문을 줄이기 위해서? 혹은 코토미에게 할 질문을 만들기 위해서? 둘 다.

오전에는 '옥수수밭 농장 투어Dana Farm Party'에 참석했다. IWP 작가들은 일주일에 한 번씩 '익스큐션(excursion)'을 간다. 뜻을 몰라서 사전을 검색했는데 '외도'라는 뜻이 나와서 놀랐다. 알고 보니 소풍을 의미하는 단어였다. 대부분의 소풍은 선택 사항이어서 모두 빼먹었다. 일단 아침에 일어나야 한다는 게 가장 큰 난관이다. 필수로 참석해야 하는 행사도 있는데, 주로 IWP 후원 단체가 주최하는 파티인 경우가 많다. 그런 행사에는 반드시 참석해야 하고, 지역 유지 또는 관련자와 스몰토크를 하고, 앞에 나가서 자기소개를 해야 한다.

오늘 여행도 선택 사항이었다면 가지 않았을 것이다. 옥수수가 맛있어도 얼마나 맛있겠나. 아이오와에는 옥수수밭밖에 없다는 이야기를 익히 들었지만 아이오와 대학교를 벗어날 일이 드물어서 정작 옥수수밭을 볼 기회가 없었다.

옥수수밭은 아주 평화로워 보였다. 넓은 들판과 옥수수밭. 점심이 준비될 때까지 오두막에서 스파클링 워터와 호두 파이를 먹으며 기다렸다. 그리고 어딜 가나 구운 옥수수가 쌓여 있어서 마음껏 먹을 수 있었는데, 내가 입도 대지 않고 있으니 노엘이 아주 마법적인 맛이라며 꼭 먹어야 한단다. 별 기대 없이 한입 베어 물었는데 머리가 띵했다. 버터와 설탕을 발라서 구웠는지 아주 달콤했고, 알알이 수분을 가득 머금고 있어서 식감이 부드러웠다. 이가 약한 사람도 쉽게 먹을 수 있는 옥수수였다.

식사를 마친 뒤에는 본격적인 옥수수밭 투어가 시작되었다. 30여 명의 작가들은 트랙터의 건초 더미에 다닥다닥 붙어 앉았고 땡볕에서 옥수수밭의 역사 수업을 들어야 했다. 내 옆에는 중국 작가 수얼이 앉아 있었다. 초반에 내가 그의 이름을 발음하기 어려워서 애먹자, 수얼은 자신의 이름이 서울과 발음이 유사하니 그냥 서울이라고 부르라고 했다.

-내가 너의 고향인 거지.

그래서 그냥 서울이라고 불렀는데 어느 순간 나는 그의 이름을 정확하게 발음하게 되었다. 수얼은 폴라로이드 카메라로 사람들을 찍고 있었고 나도 한 장 찍어주겠다고 했다. 그런데 그가 찍은 사진이 죄다 이상했다. 출력된 사진 속 이미지는 심령사진처럼 형체가 불분명하고 환했다.

-어둠이 없어서 그래.

누가 말했다. 작가들은 사진이 엉망이라며 낄낄거렸지만, 내심 수얼의 사진을 마음에 들어 하는 눈치였다. 나는 사진 속에서 흐릿했다. 그게 실제여도 좋겠다고 생각했다. 그리고 보답으로 수얼에게 사진을 찍어주었다. 트랙터가 잠시 정차했을 때 수얼은 홀로 서 있는 거목을 찍으려고 트랙터에서 내렸다. 수백 년의 세월을 견디며 굵고 꼬인 줄기를 자랑하는 나무였다. 너무 오래 살아서 온몸이 부드러워진 것 같은 그런 나무. 나는 그 커다란 나무 앞에 쭈그려 앉은 수얼의 뒷모습을 흑백 사진으로 찍었다. 사진 속에서 그는 작아 보였고, 사진을 보면 자신이 아주 작다는 것을 마음에 들어 할 것 같았다. 셔터를 누를 때에는 바람이 불지 않았는데, 사진에는 바람이 찍혔다. 그게 실제여도 괜찮겠지.

2부

나무 길

아이오와 하우스 호텔에서 다운타운으로 가는 방법
은 여러 가지다.

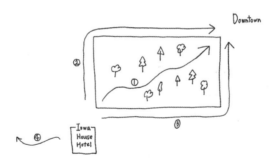

대다수가 1번 길을 걷는다. 울퉁불퉁한 황토색 길이
대각선으로 풀밭을 가로지르고 있다. 오르막이지만 거리
상 가장 짧고 경사가 완만해서 많은 사람이 이용한다. 혹은 가파른 언덕을 짧게 오른 뒤 평지를 걷는 2번 길을 택할 수도 있다. 대신 호텔을 나오자마자 언덕을 올라야 하는 부담이 있다. 나는 평지를 먼저 걷고 언덕을 오르는 3번 길을 애용한다. 2번과 3번 경로는 언덕을 먼저 오를 것인가 평지를 먼저 걸을 것인가 순서의 차이일 뿐이지만, 길을 둘러싼 풍경이 다르기에 어느 길을 걷느냐에 따라 다른 인상을 받게 된다. 3번 길은 대부분의 작가들이 택하지 않는 길이어서 아는 사람을 만날 확률이 가장 낮고, 호텔을 나오자마자 오르막길을 오르지 않아도 되니 심리적으로 부담이 덜하다. 그리고 들판의 나무를 관찰할 수 있다.

나는 이 나무 길을 '마음의 준비'라고도 부른다. 활주로를 달리며 이륙을 준비하는 비행기처럼, 길을 오르기 전에는 넉넉한 마음의 준비가 필요하다. 나무를 충분히 보아야 길을 오를 마음이 생기니까. 길을 걷다가 종종 놀란다. '왜 빨리 걷고 있지?' 그리고 생각한다. '달팽이처럼 걸어야지.' 풀밭을 가로지르며 휙휙 걸어가는 이의 뒷모습을 구경한다. 언제나 선두를 달리는 노엘과 그 뒤로, 연분홍 스카프를 날리며 따라가는 타미 그리고 흰 와이셔츠의 알리.

내가 걷는 길은 사람이 많지 않아서 주로 혼자 걸었지만, 사람이 없는 이 길이 슴슴해서 좋다.

이 길을 걸을 때 코토미와 오릿이 이따금 동행해주었

다. 그들은 본래 1번 길을 걷는다. 오릿은 내 이름을 따서 3번 길을 '달의 영역(moon zone)'이라 부른다. 그리고 1번 길은 스트레스 존이라 부른다. 삶의 길이기 때문이란다.

　-난 언제나 출발하는 순간 이미 늦었거든. 그래서 가장 빠른 길을 걸어야 해.

　오릿이 말했다.

　나무 길이 좋은 이유는 삶으로부터 미세하게 비껴나간 기분 때문일까? 난 사실 쫓겨난 걸까? 하지만 이수명 시인의 어느 문장처럼 '쫓겨난 자는 빠져나간 자'✦가 아닌가.

　1번 길은 삶에 뛰어드는 길이고 3번 길은 삶을 관망하는 길이라고 말하고 싶지는 않다. 그런 말은 삶에 뛰어들지 말지에 대한 선택권이 우리에게 있는 것처럼 가장하니까.

　4번 길은 들판의 길이다. 사람이 걷도록 만든 길은 아니지만, 드문드문 희미한 샛길이 나 있다. 인간의 발길에 의해 형성된 울퉁불퉁한 길. 다운타운으로 직접 이어지지는 않지만, 우회하면 어찌어찌 다운타운에 당도하게 된다. 필리핀 작가 노엘에게 이 길은 특별한 의미가 있다. 노엘은 매일 새벽 5시에 호텔을 떠나 들판으로 향한다. 사슴

✦ 이수명, 《내가 없는 쓰기》, 난다, 2023, 63쪽.

을 찾으러. 새벽 산책은 그녀에게 의식과도 같다. 길이 아닌 길을 따라 걷는 것, 그것은 진짜 길을 걷기 위한 준비인지도 모른다. 사람의 길이 아닌 길을 충분히 걸어야 사람이 걷도록 만든 길도 걸을 수 있게 된다고 나는 믿고 싶다.

하루는 노엘이 새벽 5시에 메시지를 보내왔다.

'What time do you walk to catch a snake? I want to come(너 몇 시에 뱀 잡으러 나가? 나도 같이 갈래).'

무슨 소리냐고 물으니, 내가 SNS에 올린 게시물을 봤단다. 한글로 올린 게시글을 영어로 변환해서 읽었는데, 번역이 엉망이었던 것이다. 원문은 '오늘 저는 강가에서 폼 잡고 시를 썼습니다'였는데 이 문장이 '저는 매일 뱀을 잡으러 들판으로 나갑니다'로 번역되었다. 마침 노엘의 문자를 받았을 때 나는 깨어 있었다. 새벽 5시까지 잠을 이루지 못하고 뒤척이고 있었기 때문에. 그래서 노엘과 함께 들판을 걸었다. 새벽의 들판은 스산하고, 햇빛은 안개에 여과되어 뿌옇다. 그 스산함으로 진입하기. 나는 추위에 파르르 떨었다. 너무 깊이 들어가지 마. 신발이 젖을 거야. 노엘은 어제 비가 와서 풀이 젖었다며 경고한다. 난 최대치의 빛을 받기 위해 몸을 쫙 편다. 그러나 새벽 한기에 금세 웅크리고 만다.

들판의 뜻은 무엇인가? 사람이 걷게 만든 길은 아니

지만 걸어도 괜찮은 길. 사람이 걷도록 만든 길보다는 이런 야생의 길에서 사슴을 만날 확률이 높을 테지만 노엘은 오늘도 사슴을 만나지 못했다. 졸린 눈으로 눈을 비비며 사슴을 만나러 갔다가 풀숲에서 나타난 것이 사람이어서 실망하는 것으로 하루를 시작하는, 그런 길. 하루를 시작하는 대부분의 이들은 들판의 반대 방향으로 걸어 다운타운으로 간다. 삶의 반의어는 들판이구나. 그럼 들판을 걸어야지.

수업에 안 오면 너의 시를 지우겠대!

오후에는 오릿과 '콘크리트 라이팅 클래스Concrete Writing Class'(시의 모양 만들기 수업)에 갔다. 오릿은 학기가 시작하자마자 이 수업을 청강했다. 그리고 나더러 수업을 듣고 싶으면 교수에게 물어봐주겠다고 했는데, 스키퍼의 본능으로 안 가고 버티다 오늘에야 처음 가게 되었다. 아침에 오릿에게 협박 문자를 받았기 때문.

"3:30 concrete writing class. Will you join? It's in the library, the professor confirmed your participation if you choose to join, and it is about erasure poetry."

잠결에 이 메시지를 "교수한테 물어봤더니 너도 수

업 참석해도 된대. 그런데 안 오면 너의 시를 지울 거래"라고 오독했다. 어이쿠, 그러면 무조건 가야지…. 시를 지우면 큰일인걸…. 슬금슬금 침대에서 일어나 꼭 가겠다고 답장했다. 그런데 알고 보니 수업 주제가 '시를 어떻게 지울 것인가'였던 것.

오릿과 호텔 로비에서 만나서 도서관으로 향하는데, 오릿이 시인인 자신의 남편 이야기를 해주었다. 23년 전에 남편은 오릿에 관한 연애 시를 자신의 시집에 잔뜩 수록했다. 그런데 23년 뒤 개정판을 찍게 되었을 때 연애 시를 모조리 지웠다. 나아가 그는 '문학적인 지움'이라는 것을 시전하였는데, 지우고 싶은 문장을 연필로 쓰고 지우개로 지워 그 흔적을 그대로 전시했다는 것이다. 내가 "홀리 쉣!" 하고 외치니 오릿은 "아니, 그는 천재야"라고 말했다. "그는 자신의 첫 시집을 다시 썼어, 지우는 방식으로. 그리고 지우는 행위를 전시한 거지. 내 남편은 그의 시에서 나를 지우고, 나는 아이오와에서 시를 지우는 수업을 들으러 간다."

그런데 수업을 왜 도서관에서 할까? 의아해하고 있었는데, 알고 보니 도서관에서 보관하는 희귀한 책을 관찰하는 수업이었다. 교수는 책상에 오래된 서적들을 전시하고 있었다. 요상하게 생긴 책들이 슬리핑백 같은 폭신한 물건 위에 놓여 있었다. 그리고 수업이 시작되었는데 교수는 별말이 없었고, 학생들은 책상에 놓인 책들을 관찰할 뿐이었다. 수업을 빙자한 관람 혹은 전시랄까. 책을 망가뜨리면 안 되기 때문에 짐은 강의실 뒤편에 보관해야 하고, 필기를 원하는 사람은 강의실 한편에 마련된 푸른 종이와 연필을 사용할 수 있었다.

사람들이 저마다 책을 들여다보며 관찰하고 비밀을 알아내려고 낑낑댔는데 그 모습은 맨드레이크를 길들이는 해리 포터 시리즈의 한 장면을 연상시켰다. 주문을 외우고 실험하는 그런 느낌이랄까.

내 옆에 앉은 오릿은 가장 난해하게 생긴 책을 맡았다. 책은 마구 찢겨 있었다.

그 책은 쫙 펼쳐져 있었고, 오래된 지층처럼 보였다. 책 속에 계단 혹은 싱크홀이 있는 것도 같았다. 자세히 보면, 같은 책의 다른 장에서 뜯어온 단어들을 무작위로 붙여놓았다. 그리고 모든 장이 붙어 있어서 장을 넘길 수 없었다. 깊이를 가진 한 장의 책. 함부로 만지면 안 될 것 같은 포스를 풍기는 책인데 오릿이 그 책을 이리저리 만지고 들춰보다가, 책에 붙어 있던 단어 하나가 떨어져 나갔다. 오릿은 방금 책이 웃긴 말을 했다며 와서 보란다. 떨어져 나간 단어가 'careless(조심성 없긴)'였던 것.

오릿은 지금 이건 책이 자신에게 직접 한 말이고, 책에서 떨어져 나간 단어를 그대로 두는 것도 전시의 한 일환이라고 말하며 도망갔다. 나는 이 상황이야말로 책도 스스로 문장을 지울 힘이 있다는 걸 증명하는 게 아니겠느냐

며 오릿에게 응수했다.

책은 인간에게 침을 뱉을 줄 안다.

이런 문장을 맨드레이크 관찰 일지에 기록하고 다른
책을 보러 갔다.

실눈 뜨고 느리게 걷는 사람

번역 워크숍 오티가 있는 날이다. 아이오와 대학 번역학과 학생들과 작가들을 1 대 1 매칭하고, 학생들이 작가들의 작품을 번역하여 발표하는 워크숍이다. 모든 작가가 번역가와 짝을 이루는 것은 아니다. 해당 언어를 구사하는 번역가가 없거나 역으로 작가는 여럿인데 번역가가 부족한 경우도 있다. 내 경우, 운 좋게도 번역학과에 한국인 번역가 몽 씨가 있어서 번역의 기회를 얻을 수 있었다. 아이오와에 오기 전에 몽 씨의 존재를 알고 있었기 때문에 기대를 품고 삼바 하우스로 향했다.

번역학과 학생들로 보이는 무리가 테라스의 흰 흔들의자에 앉아 있었고 그중 하나가 실눈을 뜨고 전자담배를 피우고 있었다. 나는 대번에 그 사람이 몽 씨라고 확신했고, 손을 흔들며 다가갔는데, 계단을 오르는 순간 그 사람은 환

영처럼 사라졌다. 그 뒤에도 몽 씨는 뒤를 돌면 사라지는 식으로, 자주 종적을 감추었다. 동양인이 두 명 더 있었지만, 그들은 분명 한국인이 아니었다.

내 기억이 맞다면 몽 씨는 내내 실눈을 뜨고 있었다. 실눈 뜨기와 한국인이 무슨 관련이 있는지 모르겠지만, 그리고 한국인이 실눈 뜨기에 재능이 있는 것도 아니었지만, 문학에 한정해서 생각한다면 확실히 문학하는 한국인은 실눈 뜨기에 재능이 있는 것도 같았다. 몽 씨가 번역가이면서 시인이라고 들었기 때문에 나는 실눈 뜨고 흔들의자에 앉아 쭈쭈바를 빨 듯 전자담배를 피우던 그 사람이 몽 씨라고 생각했다. (사라지는 것과 실눈 뜨기는 공통된 힘을 공유하는 것일까. 가령, 오랫동안 집중해서 실눈을 뜨고 있으면 모서리부터 조금씩 희미해지면서 종국에는 아주 사라지는 것이지. 이 생각은 나중에 몽 씨를 알게 되면서 하게 된 내 작은 상상이다.)

삼바 하우스는 오래된 3층짜리 건물이었고, 나무 데크에서 삐걱거리는 소리가 나서 언젠가 아무도 없을 때 하우스를 몰래 걸어보고 싶었다. 돌아가며 자기소개를 하고 작가들과 번역가들이 서로를 탐색하는 시간, 자리에 앉아 있던 몽 씨가 보이지 않았다. 어디 갔지? 두리번거리는데 복도의 어둠 속에서 파마머리의 몽 씨가 모습을 드러냈다.

-안녕하세요.

몽 씨와 나는 사람이 없는 입구 쪽 나무 의자에 앉아 간단하게 대화를 나눴다. "여기 한국인 한 명도 없어요. 거의 없어요. 그래서 좋아요." 몽 씨가 말했고, 나는 내가 한국인인 게 약간 미안했다. 그리고 나도 아이오와에 한국인이 없어서 너무 좋다고, 한국어를 안 쓰는 것도 좋다고 답했다. 몽 씨의 저음이 좋아서 목소리가 좋네요, 진심을 빈말처럼 건네고 내 책을 몇 권 꺼내어 건네주었는데, 갑자기 몽 씨의 목소리가 하이톤으로 바뀌더니 "꺄륵! 감사합니다!" 하고 좋아했다. 뭐지? 오늘 아침 전화 영어 시간에 배운 'a blessing in disguise(어둠에 감춰진 행운)'이라는 표현이 떠올랐다. 내 멋대로 의역하면 어둠 속에 처박힌 희미하고 실낱같은 웃음.

나는 몽 씨에게 《일기시대》와 《배틀그라운드》를 한 권씩 선물했고, 몽 씨는 읽어보고 재미있는 것을 워크숍에서 다루겠단다. 몽 씨에게 어쩌다 번역에 관심을 갖게 되었는지 물어보고 싶었지만, 그건 나중으로 미루었다. 번역에 관해서는 깊게 생각해본 적이 없고, 부업으로 번역 일을 하는 시인이나 소설가도 몇몇 알지만, 내 경우에는 일어나지 않을 일이다. 줌파 라히리는 번역을 장기 이식에 비유했다. 내가 번역을 한다면 원본은 심하게 훼손될 거다. 아니면 실종되거나. 나의 번역도 일종의 장기 이식이겠지. 다만, 도중에 장기를 탈취하고 다른 장기로 바꿔치기하는 그런 번역이 되지 않을까, 무심히 생각했다.

몽 씨는 올해는 유난히 작가들이 분위기가 좋아 보인다며, 대륙 분쟁으로 인해 어떤 작가들은 서로 미묘한 신경전을 벌이기도 한단다. (이때까지만 해도 올해에도 그런 문제가 발생할 줄 몰랐다.) 대충 이야기를 나누고 몽 씨를 따라 아이오와 작가 워크숍 건물에 가보기로 했다. 도로에서 차가 달려오는데도 몽 씨는 거북이처럼 느리게 걸었다. 놀라서, "몽 씨 어서!" 소리치니까 또 실눈을 뜨면서 고개를 젓는다.

-치든 말든요….

아이오와 작가 워크숍 건물에는 헝겊 인형을 물고 다니는 커다란 검은 개가 있었다. (그 개는 24시간 인형을 물고 다닐까? 밥을 먹을 때는 밥그릇 옆에 인형을 놔둘까? 잘 때도 옆에 두고 자겠지?) 몽 씨는 이곳 문예창작학과 대학원(이하 MFA) 학생이기도 하다. 아이오와 대학교 MFA의 이름은 '아이오와 작가 워크숍'인데, 미국에서 가장 유서 깊고 인기가 많아서 한 해에 700~800명씩 지원한다고 한다. 몽 씨는 학생들이 합평할 시를 출력해 워크숍 건물에 갖다놓으면 교수가 복사해 수업 시간에 다른 학생들에게 나눠준다고 했다. 엄청 비효율적이라고. 난 그 비효율이 부러웠다. 그리고 어떤 방에 들어갔는데 목재 테이블에 초코칩이 잔뜩 박힌 울퉁불퉁한 쿠키와 빵이 담긴 바구니가 놓여 있었다. 몽 씨가 훔쳐 먹어도 된다며 내게 쿠키를 권했다.

-뭐 어쩌겠어요. 훔치겠다는데….

몽 씨는 친절하게도 나를 숙소까지 바래다주고 술을 마시러 떠났다. 따라오길래 가는 길이 겹친 줄 알았는데 바래다준 거였다.

박스 밖으로

프레리 라이츠 서점에서 낭독회가 있는 날이다. 대중 앞에서 영어로 말해야 한다니. 아침부터 긴장되어서 밥도 잘 넘어가지 않았다. 지난주부터 전화 영어 시간에 리허설을 여러 번 해서 자다 일어나도 원고를 줄줄 읊을 수 있을 만큼 대본을 통으로 암기했지만 여전히 걱정되었다.

다들 각국의 대표로 오는 것이기 때문에, 꽤 많은 작가가 공식행사에서 자국의 전통 의상을 입는다. (혹은 올해 유독 그런 것인지도 모르겠다.) 솔직히 처음에는 유난이라고 생각했다. 그런데 나도 뭔가를 준비해야 하는 게 아닌가 싶어서 급하게 빨간 댕기를 주문했다. 머리를 한 줄로 땋고, 검정 세미 슈트를 입었다. 사실 단상에 오르면 떨지 않을 줄 알았는데, 손이 후들거려 허리춤에 손을 고정해야 했다.

안녕하세요, 저는 한국에서 온 시인 문입니다. 며칠 전에 엄마가 말했습니다. "낭독회에 한복을 입고 가면 넌 슈퍼스타가 될 수 있어! 빠른 배송으로 부쳐줄까?" 하지만 소심한 사람인지라 한복까지는 준비하지 못했고 대신 빨간 댕기를 묶었습니다. 이건 한국의 전통 리본입니다. 아마존에서 주문한 건 비밀입니다….

저는 시를 씁니다. 소설도 쓰고 논픽션도 씁니다만 아마도 시인일 겁니다. 제가 시를 쓰는 이유는 게으름 때문입니다. 저는 이곳저곳에서 이야기에 관한 영감을 받습니다. 그래서 이야기의 줄거리를 노트에 끄적이곤 하죠. 그런데 다음 날 다시 보면 아무것도 하고 싶지가 않습니다. '굳이 소설로 써야 할까, 이대로 놔두면 안 될까?' 고민에 빠집니다. 그렇게 방치한 글은 응고되어 시가 됩니다. 소설 쓰기의 귀찮음에서 시가 탄생한 것입니다. 그래서 제 시에는 이야기의 줄거리가 많습니다.

저는 이따금 눈이 건조해서 인공눈물을 점안합니다. 그때 눈을 감고 눈알을 굴리는 것이 좋다고 하더군요. 눈을 감으면 기분이 참 좋습니다. 인간은 평균 0.4초에 한 번 눈을 깜빡인다고 합니다. 그런데 눈을 더 오래 감는다면? 가령, 3초 정도요. 그리고 나이가 들면 더 오래 감아서 10초씩 눈을 감게 된다면? 첫째, 아무도 운전을 할 수 없을 겁니다. 그래서 모두 걸어 다니겠지요. 둘째, 사람들은 덜 싸울 겁니다. 눈을 감고 있는 사람에게 소리를 지르는 건 너무하니까요…. 그리고 또 어떤 일이 일어날까. 그런 생각을 하다가 쓴 시를 읽어드리겠습니다.

낭독을 할 때는 목소리가 떨렸다. 시 다섯 편을 읽고 영문판 일기 딜리버리를 홍보했다. 미국에서 영문 일기를 우편으로 보내고 싶었다. 그러나 신청할 사람이 있을지 의문스럽긴 했다. 행사를 마치고 아무도 사인을 받으러 올 것 같지 않아서 가방을 챙기며 도망갈 채비를 하고 있었는데, 한 부부가 와서 일기 딜리버리를 신청하겠단다. 그리고 부부가 떠나자 허리가 굽은 백발의 할아버지가 다가와서는 "넌 지금까지 사람들이 세상을 본 방식과 다른 방식으로 세상을 본다"고 점쟁이처럼 말했다. 나는 엎드리고 치성을 올리고 싶었다. 그는 사인을 받고 싶다며 내 책을 건넸다. 프레리 라이츠 서점에서 구매한 영문판 《책기둥》이었다. 얼마나 오랫동안 팔리지 않았는지 표지가 시커멓게 떼가 탔다. 새 책으로 가져가라고 말해주고 싶었는데, 그 책을 살 사람이 이 할아버지가 아니면 없을 것 같아서 관뒀다.

　-이상한 우주에서 온 달이 드립니다.

책에 사인을 해서 건네자 그는 투명한 안경알 너머로 내게 말했다.

-You think out of box.

그럼 시를 쓰지 않을 때의 나는 박스 뚜껑을 닫고 잠자는 사람인 걸까. 그렇게 생각하니 기분이 좋다.

런드리맨

웰커밍 파티에 갔다. 150명 정도 참석하는 파티인데, 사람이 너무 많아서 정신이 없었고 자기소개를 또 해야 했다. 아이오와 지역 유지들과 대학 관계자들이 참여하는 파티란다. 프로그램 초반이어서 공식 행사가 많고, 매번 이름표를 달고 앞에 나가 자기소개를 해야 하는데, 그럴 때마다 영화 〈겟 아웃〉에서 백인들이 주인공을 관찰하러 오는 장면이 떠오른다…. 다행히 아이오와 대학교 한국어학과 교수 부부를 만날 수 있었고, 두 분 사이에 앉아 밥을 먹으니 딸이 된 기분이었다.

오늘 내가 기록하고자 하는 이야기는 파티에서 돌아온 뒤에 일어난 일이다. 차에서 내린 뒤 로비에서 소포를 찾고 방으로 올라가려는데 에바가 호텔 근처 빨래방에 가보겠냐고 물었다. 코토미가 쉬고 싶다고 해서 나도 안 가겠다고 했다. 로비에 사람이 많아서 몰랐는데 나중에 알게 된 바로는, 한 중년 백인 남성이 에바에게 근처 빨래방을 보여주겠다고 했던 것이다. 그 사실을 알았더라도 딱히 이상하게 생각하지 못했을 것이다. 그를 아이오와 프로그램 관계자로 알고 있었기 때문이다. 다만 소개식은 몇 주 전에 끝났는데 갑자기 나타난 사람이라 의아하긴 했다. 그리고 점심에 케빈이 그 사람을 스태프 카탈로그에서 본 적이 없다는 얘기를 꺼냈는데, 그때까지만 해도 대수롭지 않게 생각했다.

그렇게 에바가 떠나고 엘리베이터를 타는데 프런트 직원이 오더니 그 남자를 아느냐는 것이다. "직원이잖아" 하고 반문하니 아니란다. 아이오와 대학교 직원도 아닌데다가 뭔가 이상하니까 조심하란다. 작가들에게만 말을 걸고 IWP 관계자라고 거짓말한다고. 그러더니 쫓아가봐야 하지 않겠냐는 것이다. "에바는 아까 그 남자랑 떠났어!" 엘리베이터에 있던 파키스탄 작가 아자르가 외쳤다. 코토미가 에바에게 전화를 걸었는데 답이 없었다. 그래서 엘리베이터에 있던 아자르, 라울, 사바, 리타 그리고 나는 호텔을 나서 달렸다.

지금 생각해보면 참 이상하다. 공용 세탁기과 건조기는 호텔 2층에 있는데, 왜 오밤중에 호텔에서 10분이나 떨어진 빨래방을 구경하러 가겠는가?

몇 분 뛰어가니 에바와 그 남성을 따라잡을 수 있었다. 에바를 붙잡고 호텔에도 빨래방이 있으니까 나중에 가자고 설득했는데, 에바는 여기까지 온 김에 가보겠다고 했다. 게다가 그가 자신에게 아주 중요한 것을 말하려던 참이었는데(창업가 정신에 관해 이야기하고 있었다.) 우리가 방해하고 있다며. 에바가 너무 완고한데다가 딱히 명분이 없기도 해서 나도 모르게 "그럼 같이 가자!"라고 외쳤다. 변명을 하자면 이렇게 된 김에 다 같이 가서 빨래방을 구경하고 안전하게 에바를 데리고 오자는 심산이었다. 그래서 난 어깨동무를 하고(굳이?) 호기롭게 걸었는데 뒤가 싸늘했다. 당연히 다른 작가들이 쫓아올 줄 알았는데 '쟤 왜 저래?' 하는 표정으로 그 자리에 서 있는 것이다. 손짓을 했는데 그들은 멀뚱히 서 있을 뿐이었다.

그렇게 나와 에바는 그와 걷게 되었다. 뒤를 돌아보니 어둠뿐이었다. 밤 10시가 넘은 시각에 미국에서. (오늘 만난 한국인 부부가 해준 이야기가 머릿속을 빠르게 지나갔다. "아이오와지만 밤에는 위험해요. 총기 사고도 일어나고요. 10시 이후에는 밖에 다니지 마세요. 술 취한 학생들이 많거든요. 여기도 미국이에요.") 그래도 에바는 나보다 덩치가 크니까 힘을 합치면 백인 아저씨를 제압…할 수… 있… 아니 없겠다는 판단이 빠르게 섰다. 여하간 그렇게 걷다가 뒤를 돌아봤는데 아무도 없었다. 점점 더 모르는 곳으로 향하고 있었다. 둘은 신나게 대화를 하고 나는 소외된 채, 나아가 방해자가 된 채 걷고 있었다. 난 에바의 옷자락을 붙잡고, 에바야… 이건 좀 에바 같은데, 해 뜨면 가보지 않겠냐고 말했는데 내 말이 들리지 않는 듯했다. 얼마나 걸었을까 (10분은커녕 20분이나 걸어도 빨래방은 나타나지 않았다. 어떤 미친놈이 호텔 세탁실을 놔두고 20분을 걸어 빨래를 하러 가는가?)

그때 뒤에서 누가 불렀다. 사바였다. 다행히 몰래 쫓아오고 있었던 모양이다.

"에바야, 사실 작가들이 너를 위한 서프라이즈 파티를 준비했어. 비밀이어서 말을 안 하려고 했는데 다들 기다리고 있어!" 사바가 말했다. 에바는 반신반의했지만, 쫓아오던 무리가 줄줄이 나타나자 그제야 귀를 열었다. 남성은 '한 블록만 더 가면 되는데…' 하고 말을 흐렸고 우리는 미안하지만 내일 갔으면 좋겠다고 설득했다.

그렇게 다 함께 돌아왔다. 그 남성도 같은 호텔에 묵기 때문에 따라왔는데 그가 호텔에 와서도 에바와 시간을 더 보내고 싶어 해서, 사바가 잘 가라고 선을 그었다. 엘리베이터가 닫힐 때 그 남성은 "왜 이렇게 실망시키는 거야!"라고 말했다. 우리는 에바를 커먼룸으로 데리고 왔고 이런저런 설명을 하고 나서야 에바가 상황을 파악했다. 에바 역시 그가 스태프인 줄 알았다고 했다. 내일 매니저에게 그 사람의 신원을 물어보겠단다.

사바와 리타가 냉장고에서 맥주를 꺼냈고 난 술을 안 마시지만 오늘은 먹고 싶다고 하니 사람들이 웃었다.

-이제 다들 오늘 일에 관해서 쓰겠군. 글쓰기 미션 클리어!

사바가 맥주를 따며 말했다.

-오, 나도 쓸 건데.

-오 나도.

그래서 나는 가위바위보를 하자고 했다. 그리고 나도 이 일에 관해 쓰고 있는 것처럼, 다들 그 '런드리맨'에 대해 썼다.

시詩음회

하루에 40달러의 생활비를 받는다. 10달러에서 15 달러는 끼니를 해결하는 데 쓰고 나머지는 장을 보거나 커피를 마시는 데 쓴다. 그리고 가끔 20달러 정도는 책 사는데 지출한다. 책을 매일 사는 것은 아니어서 여비가 빠듯하지는 않다. 자바 하우스에서 일기를 쓰고 다운타운에 있는불면증 과자점insomnia cookie에 들렀다. 불면증과 쿠키의조합이 흥미로워서 언제 한번 가볼 요량이었다. 손님은 한명도 없었고, 조명은 어두운 데다 점원이 정말 불면증을 앓고 있는 것처럼 생겨서 당황스러웠다. 초코칩이 가득 박힌쿠키를 사서 강가에서 먹고 프레리 라이츠 서점에 갔다.

오늘은 프레리 라이츠 서점에서 야스히로의 낭독이 있었다. 서점 1층에 영어로 번역된 그의 시집 두 권이 비치되어 있었다. 《Family Room》(가족실)과 《Starboard of my Wife》(내 아내의 우현). 《Starboard of my Wife》의 표지에는 검은 바탕에 분홍색 꽃이 흐드러지는 비장미가 있었다. 그리고 《Family Room》의 표지는 흔들린 사진이었다. 사진 속 사람들은 어디론가 바삐 가고 있었고 표정은 알 수 없었다. 모두 뒷모습인 점이 마음에 들어 《Family Room》을 골랐다.

My son who left the kindergarten in the morning
came home at night as a 35 year old man.
You are late, I said
Yeah, looking up at the cuckoo clock with affection,
he replied in a man's thick voice.

아침에 유치원을 간 나의 아들은
밤에 서른다섯 살이 되어 돌아왔다.
늦었잖니, 내가 말했다.
네, 뻐꾸기시계를 사랑스럽게 쳐다보며,
그는 성인의 굵은 목소리로 답했다.

그의 시 〈I'm leaving!〉[+]의 서두다. 야스히로의 시는 대체로 그를 즉각 떠올리게 한다. 자신의 시를 닮은 시인이 있고 그렇지 않은 시인도 있다. 자신으로부터 멀리멀리 달아나는 시와 자신과 가까워지는 시. 내게는 두 유형 모두 흥미로운데, 두 가지를 번갈아 해야 정신이 망가지지 않는 것 같다. 그래서 나다운 시를 쓴 다음 날에는 나답지 않은 시를 쓰고 싶어진다.

야스히로는 남몰래 사람들에게 자신의 시를 조금씩 마셔보게 한다. 일명 블라인드 시詩음회. 별 뜻 없이 던진 농담이 생각보다 반응이 좋으면 그는 그 농담을 시로 만든다. 종이컵 이야기에 관한 반응이 뜨겁자, 그는 종이컵 일화를 17장짜리 시로 썼다. 시를 농담으로 만들어 반응을 살핀 후 시로 굳히는 것인지, 혹은 농담을 던졌는데 반응이 좋아서 '아, 이게 시구나' 하고 시로 쓰는 것인지 모르겠지만, 그와 지내다 보면 그가 일상 속에서 던진 말이나 아이디어가 시가 되는 것을 종종 목격할 수 있다. 그래서 더욱이 그의 시를 읽으면 야스히로가 보이는 것 같다. 따라서 어떤 시인의 경우에는, 좋은 시를 쓰려면 사람들을 웃겨야 하고, 그 웃음 속에서 시를 발견해야 한다. 그러니 좋은 시

[+] Yasuhiro Yotsumoto, 〈I'm leaving!〉, 《Family Room》, vagabond press, translated by Akiko Yotsumoto.

를 쓰려면 잘 웃어주는 친구들이 곁에 많아야 한다.

야스히로의 유머감각은 시인에게 중요한 덕목이라고 생각한다. 독자의 반응에 의지한다는 말 대신 청자의 입장을 고려하는 시인이라고 말하고 싶고, 그건 그의 성품이기도 하다. 유머는 시가 자기 폐쇄성을 극복하는 하나의 방식이 될 수 있다. 유머는 청자 없이는 존립할 수 없는 소통 형태이기에 듣는 이를 고려하지 않는다면 유머도 없다. 자칫 대상을 희화화하는 우를 범하기도 하지만 장난기가 많은 시는 읽는 사람을 시에 동참하게 만들며, 시는 이로써 대화가 된다. 그래서 어떻게 하면 시를 쓰면서 장난기를 유지할 수 있을지, 야스히로를 보며 고민에 빠진다.

야스히로는 일본어로 시를 읽었고, 일본어학과 교수인 켄달이 그의 시를 영어로 낭독했다. 일본어로 읽어도 알아들을 수 있는 청자가 거의 없으니, 무슨 의미가 있을까 했지만, 알아들을 수 없기에 좋은 면도 있었다. 내용을 이해할 수 없으니 오로지 목소리를 음악처럼 듣게 되었는데, 특유의 경쾌한 강세와 억양 덕에 귀가 즐거웠다. 그는 영어를 잘하니까 몇 편은 영어로 읽었고, 마지막 시는 노래로 불렀다. 다음은 다른 작가들이 낭독을 했는데 반도 알아듣지 못했다. 눈을 감고 초능력을 발휘하면 약간 들리지만, 금세 딴생각이 머릿속을 채워버린다.

옆구리로 삐져나오는 언어

저녁에 지하실에서 열린 파티에 참석했다. 초코 비스킷을 챙겨 내려가니, 작가들이 커먼룸에 관한 열띤 토론을 벌이고 있었다. 커먼룸은 작가들을 위한 공용 공간으로, 호텔 2층에 있다. 그런데 작가들은 커먼룸에 불만이 조금 있는 듯했다. '커먼룸이라면 오가며 들를 수 있는 쉼터의 역할을 해야 하지 않냐. 그러니 소파 정도는 있어야 하는 게 아니냐, 그런데 봐라. 그곳에 뭐가 있냐, 쌓인 우편물에는 먼지만 쌓이고, 지난 기수 작가들이 두고 간 각종 플레이트, 믹서기, 냄비, 밥통 등이 산더미처럼 쌓여 있는데 거기서 뭘 할 수 있겠냐?'라고. 그 이야기를 듣기 전까지만 해도 나는 커먼룸에 불만을 품을 수 있다는 생각을 해보지 못했다. '불만을 품을 수 있다고?' 그건 내가 커먼룸에 대해 자세히 생각해본 적이 없기 때문이기도 하지만 그보다

나라는 인간 자체가 대체로 본인이 무엇을 바랄 수 있는
지, 그리고 어디까지 원해도 되는지 잘 모르기 때문일 것
이다.

　-한국 사람이세요?

　그때, 남아시아 출신으로 보이는 한 남자가 내게 말
을 걸었다. 처음 보는 얼굴이었다. 지나가다가 호기심에
파티에 참여한 학부생이었다.

　-네?

　나는 코토미와 시선을 공유했다. 코토미도 동양인인
데, 그가 나를 콕 집어서 물었으니까.

　-어떻게 아셨어요?

　-보면 알아요. 저도 예전에 한국에서 살았어요.

　-한국인이세요?

　-아뇨. 한국에서 공부했어요.

　-언제요?

　-3년 전에요.

　-오… 어디에서요?

　-수원이요!

　파키스탄에서 왔다는 그가 의자를 가져와 가까이 앉
았다. 그는 내게 이런저런 한국에서의 경험을 들려주었다.

　-헬조선!

쏟아지는 영어 문장에 박힌 그 세 글자가 내 귀에 꽂혔다. 그는 한국어가 서툴렀는데, 헬조선의 발음은 정확했다. 아이오와까지 와서 헬조선을 만날 줄이야. 나는 어떤 반응을 내놓아야 할지 알 수 없어서 어쩌다 한국에 공부하러 갔냐고 화제를 돌렸다.

-한국은 인구가 줄고 있잖아요. 출산율 꼴찌. 미래가 없다던데. 그래서 외국인들이 공부하러 가기 좋아요.

대화는 9시 뉴스가 되어가고 있었다.

-어떤 과목 공부했는데요?

-컴퓨터요. 아, 그리고 전 절대로 한국에서는 안 태어나고 싶어요. 집값은 비싸고, 좋은 학교를 나와도 취업은 안 되고, 아, 그리고 지옥철!

지옥철은 그가 두 번째로 정확히 발음한 한국어였다. 그러더니 그는 깔깔 웃었다. 아마 그는 나와 공감대를 형성하고 싶어 했던 것 같다. 그런데 나는 왜인지 그 자리가 불편했고, 영어에 씨앗처럼 박힌 두 단어, 헬조선과 지옥철을 이해하는 사람이 나와 그뿐이라는 사실이 조금 징그럽게 느껴졌다. 내가 반응하지 않자, 그는 나더러 영어를 어디서 배웠냐며, 한국인들은 영어를 잘 못하는데 내 영어는 좋은 편이란다. 그런 말을 하는 그의 얼굴에 악의는 없었다.

-그런데 저는 다시 태어나도 한국인으로 태어나고 싶어요.

나는 말했다. 이 일기를 쓰면서도 내가 그런 말을 했다는 게 믿기지 않는다. 오 씨….

-헐, Why?

그가 물었다. 할 말이 없어서 나는 슬금슬금 자리를 피했다. 씩씩거리는 나를 따라 밖으로 나온 코토미가 눈치를 살피며 무슨 일이냐고 물었다.

-방금 저 자식이 나를 애국인으로 만들었어!(He made me a patriot!)

-애국인이 뭐야?(What is a patriot?)

코토미가 두 눈을 동그랗게 뜨며 물었다. 그래서 번역기에 영어로 애국인을 쓰고 일본어로 번역해서 보여주었다.

-응? 번역기가 잘못된 것 같은데. 이거 맞아?

코토미가 의아해하며 내게 휴대폰을 돌려주었다.

-일본어로 애벌레라는 뜻인데.

애국자가 왜 애벌레라고 번역된 건지는 몰라도, 덕분에 웃음이 터졌다. 코토미는 나를 잘 안다. 누군가 나와 친해지고 싶어서 다운타운에 있는 한식당에 가자고 말하면, 코토미가 대신 답한다.

-얘 한식 잘 안 먹어.

코토미는 내가 한국에서 벗어나고 싶어 한다는 사실을 잘 안다. '자신이 사는 곳을 사랑하기란 너무 어렵지 않은가요?' 이것이 내가 아이오와에서 품고 지내는 주제니까. 그런 내가 갑자기 한국을 변호하고 있으니 얼마나 웃겼을까?

화도 식힐 겸 우리는 강가를 산책했다. 코토미와 나의 영어는 서툴지만, 영어를 학습하는 방식은 상반된다. 나는 사전을 잘 찾아보지 않는 반면 코토미는 사전을 달고 산다. 코토미는 새로 습득한 단어를 휴대폰 메모장에 꼼꼼히 기록하고, 대화 도중에 알아듣지 못한 단어가 있다면 철자를 물어본다. 그것으로 인해 대화가 지체될지라도. 반면 나는 즉흥적으로 말하고, 문장 구조에 무신경한데다, 알아듣지 못하면 대충 넘긴다. 원숭이가 다른 원숭이에게 바나나를 토스하듯 마구 말을 던진다. 반면 코토미는 온전하게 알아듣고자 애쓴다. 게다가 자신이 제대로 알아들었는지 여러 차례 확인하는데, 그 모습은 흡사 안경알을 바꿔 끼우며 도수를 조율하는 안경사의 손처럼 정밀하다. 가끔 그게 답답하기도 하지만 나의 말이 타인에게 극진한 대접을 받는 기분이 든다. 말을 허투루 넘기지 않는 사람. 그게 내가 생각하는 코토미다.

　한편 코토미와 유독 말이 잘 통하는 이유가 궁금하다. 영어라는 언어를 거치면서 필연적으로 여과되는 그 숱한 진심에도 불구하고, 난 코토미가 무슨 말을 하는지, 어떤 마음인지 느낄 수 있고 이해할 수 있다. 영어가 능숙한 다른 작가들과 대화할 때보다 코토미와 영어로 대화할 때 더 편안함을 느낀다. 이상하게도 나는 코토미와 말할 때는 말이 술술 나오다가, 다른 작가들과 영어로 말하려고 할 때면 말문이 막힌다.

　말이 통한다는 건 무엇일까. 때로 그건 언어의 능숙도와는 무관한 것 같다.

　아이오와강은 밤이 되면 완전히 검은색으로 변한다. 낡은 문틀이 삐걱거리는 듯한 바람 소리는 사람을 차분하게 만든다. 지금 당장 강 어딘가에서 누가 허우적대고 있어도 그 소리는 우리에게 닿지 않을 것이다. 우리는 풀숲을 걷다가 호텔의 빈 식당에서 대화를 나누었고, 음료 디스펜서의 소음을 피해, 메모리얼 홀 복도에 있는 작은 소파에 앉아 대화를 이어갔다. 그리고 문득 일전에 우기가 들려준 이야기가 떠올랐다.

　-우기는 쌍둥이야. 아주 어렸을 때, 우기는 형이랑 거

울 보듯 대화를 했대. 주로 둘이서만 대화를 나눴지. 어느 날 어머니는 아이들이 대화를 나누는 모습을 보고 깜짝 놀랐어. 아이들이 한국어가 아닌 한국어를 하고 있었던 거야. 서로를 반사거울 삼아 언어를 배우다가 엉망인 한국어를 만들어낸 거지. 발음은 어눌하고 변방의 사투리 같았대. 그래서 어머니는 아이들을 밖으로 내보냈어. 진짜 언어를 배우게 하려고. 그런데 진짜 언어란 대체 뭐지?

-웃기다.

-지금 우리의 영어는 느는 걸까 아니면 점점 망해가는 걸까….

우리의 영어는 느는 것도 퇴보하는 것도 아니었다. 옆구리를 통해 삐죽 튀어나오고 있었다.

파리는 fly다

영어를 좋아하게 된 순간을 기억한다. 아이오와 스태프이자 운전기사인 존(최승자 시인의 아이오와 산문집에 언급된 운전기사도 존이던데, 미국의 운전기사들은 다 존인 걸까?)이 오프닝 파티에서 작가들을 픽업해 호텔에 바래다주던 날이었다. 수네스트가 봉고차의 문을 밀었는데 꼼짝하지 않았다. 그걸 본 존은 어깨를 으쓱하며 말했다.

-Oops! That door is unhappy today.

오늘 저 문은 다른 날보다 덜 행복하네요. 그 말인즉슨 문이 고장 났다는 것. 영어에서 흔한 표현인 건지, 소설가인 존이 즉석에서 지어낸 건지 모르겠지만, 그때 나는 영어라는 언어가 좋아졌다.

그 뒤로 나는 고장 나거나 상태가 이상한 물건을 보면 'unhappy'를 붙였다.

-인쇄기는 행복하지 않아 보입니다.

-마이크가 오늘따라 덜 행복한가 봅니다.

-커피 머신은 오늘 행복하지 않으십니다. 심기를 건드리지 맙시다….

또 하나. 내가 좋아하는 영단어는 'fly'다. fly에는 파리라는 뜻이 있다. 'fly is flying'을 번역하면 '파리가 날고 있다'가 되겠지만 '날다가 날고 있다'가 될 수도 있다. 파리는 어쩌다 fly가 되었을까? 파리가 다른 새들보다 더 잘 나는 것도 아닌데. 하물며 파리는 날 때, 두 쌍의 날개 중 한 쌍만 사용하지 않는가? (뒷날개는 균형을 잡는 데 사용한다.) 새의 본질이기도 한 '날다'가 어쩌다 새도 아닌 파리목 곤충에게 수여된 걸까? 나는 그 조합에 감동해버린다. 이 멋진 단어를 집파리에게 양보한 것에 말이다.

최승자 시인의 아이오와 산문집 《어떤 나무들은》에도 새에 관한 흥미로운 일화가 나온다. '내게 새를 가르쳐주시겠어요?'라는 문장을 번역하는데 그는 번역가와 사소한 의견 충돌을 빚는다. 최승자는 이 시구를 'Would you teach me a bird?'로, 번역가 캐럴라인은 'Would you teach me being a bird?'로 번역한다. 그러자 최승자는 설명한다. '새라고만 말하면 그건 제한되지 않은, 갇혀 있지 않은 어떤 무한한, 자유로운 상태를 떠올리게 할 수 있지만 캐럴라인이 제시하는 단어들은 이미 그 자체가 새의 이미지를 제한하고 있어 자유로운 무한의 상태를 보여줄 수 없기 때문이다*라고. 그 문장은 문법적으로 맞지 않지만 최승자는 일상어와의 어긋남 그 자체가 어디에도 갇혀 있지 않은 새의 이미지를 살려낸다고 말한다(혹은 우겼다…).

튀르키예에서 온 넥타리아는 한 언어에서 클리셰인 표현이 다른 언어에서는 전혀 아닌 경우도 있단다. 그러니 우리는 끊임없이 언어의 물을 퍼다 날라야 한다. 넥타리아는 자신의 첫 번째 소설인 《A Recipe for Daphne》를 제2외국어인 영어로 썼다. 그리고 그 책이 미국에서 꽤 성공을 거둔 모양이다. 그 뒤, 넥타리아는 모국어로 돌아갔다. 한 번 영어로 책을 써봤으니 이제 편하게 모국어로 쓴다는 것. 친구이자 번역가인 잭 정과 이야기를 나누다가 그런 작가들을 '엑소포닉exophonic' 작가라고 칭한다는 것을 알게 되었다. 엑소포닉. 무슨 아이돌 이름 같기도 한 이 단어에 난 또 반해버렸다. 나는 이런 다중 언어 작가들에게서 너무 큰 영향을 받고 있고 매번 충격에 휩싸이는데, 엑소포닉을 검색해보니 익숙한 작가들이다. 사무엘 베케트,

---

✦ 최승자, 《어떤 나무들은》, 난다, 2021, 165쪽.

홀리오 코르타사르, 줌파 라히리 등. 엑소포닉이라고 해서 엄청 특별한 것도 아닌 것이다. 한국에서는 상대적으로 엑소포닉 작가를 주변에서 볼 기회가 없고, 그래서 상대적으로 엑소포닉 작가를 주변에서 볼 기회가 없고, 그래서 매번 이런 사례가 내게는 충격으로 다가온다. 한편으로 그런 내가 얼마나 폐쇄적이었는지를 자문하게 된다.

요즘 나는 영어로 말할 때 더 나답다는 생각을 종종 하곤 한다. 한번은 한국어로 시를 낭독할 기회가 있었는데 그걸 본 야스히로가 내가 아주 딴 사람 같다고 했다. 한국어로 말할 때 나는 차분하고, 진지한 사람이 되며, 목소리는 저음이 된다. 그러나 영어로 말할 때 나는 약간 경박하고, 웃음이 헤프며 목소리는 하이톤이 된다. 내가 생각하기에 영어는 다른 언어보다 상대적으로 덜 진지한 면이 있다. 기본적으로 그 안에는 가벼움이 있다. 이 가벼움은 웃음의 치우침인 것 같다. 근거는 없다.

영어에 푹 빠진 걸 티내고 다녔더니, 누가 내게 이런 얘기를 했다. '너처럼 소수어를 쓰다가 국제어를 만나서 '이제 나도 큰물에서 놀아볼까' 하는 열정에 들뜬 젊은이들을 많이 봤다'고 말이다. 소국에서 온 젊은이들이 갑자기 영어로 글을 쓰겠다고 설치는데 제대로 된 성과를 낸 사람은 드물다고. 그 말에 약간 충격을 받긴 했다. 한국어를 소수어로 생각해본 적이 없고, 한국을 소국으로 의식해본 적도 없었다. 한국어는 내 언어의 전부니까. 미국이 더 넓고 좋은 세상이기 때문에 영어를 좋아하게 된 것도 아니었다. 영어에 대한 관심은 낯선 언어를 향한 끌림일 뿐이었다. 그러더니 그는 나더러 아이오와 문예창작학과에 서머 캠프라는 게 있는데 MFA 학생이자 시인인 로미오가 스케줄을 담당하고 있으니 연결해주겠단다. 찾아보니 15세에서 18세까지 청소년을 위한 문학 캠프다. 아니 날 몇 살로 생각한 거야?

모든 게 용서되었다.

쓰기와 읽기의 불완전함

- 국제 문학 강연에서

안녕하세요, 저는 한국에서 온 시인 문보영입니다. 이곳에서 사람들은 저를 'Moon'이라고 부릅니다. 한국에서 제 이름 문(Moon)은 별 뜻이 없습니다. 하지만 이 이름을 영어로 발음하면 달(Moon)이 되더군요. 이곳에 와서 저는 사람들이 제 이름을 좋아한다는 사실을 발견했습니다. 예전에는 없던 일이지요. 사람들이 '저기 달 좀 봐!(Look at the Moon!)' 하고 외치면, 절 부르는 줄 알고 뒤돌아봅니다. 누가 'Let's go see the Moon!' 하고 말하면 절 보러 온다고 착각합니다. 아름다운 오해입니다. 아이오와에 와서 이런 아름다운 오해를 누릴 수 있어서 감사합니다.

저는 IWP 작가 그룹 채팅방에서 매일 이름을 바꿉니다. 그날의 달 모양에 따라서요. 초승달, 반달, 보름달. 그리고 가끔은 슈퍼문으로요. 나는 내가 고정되지 않고 매일 변할 수 있음에 감사합니다. 내가 완성된 존재가 아니라는 사실이 마음에 듭니다.

이야기가 샜군요. 오늘 제가 할 이야기는 읽기와 쓰기의 불완전함입니다. 이 주제에 도달하기 위해 고백할 것이 하나 있습니다. 제가 IWP라는 프로그램에 지원하게 된 배경을 말씀드려야겠습니다. 사실 저는 지원서에 거짓말을 했습니다. 영어를 굉장히 잘한다고요. 해외에서 현지인들과 소통하는 데 전혀 문제가 없다고요. 개소리였죠. 저는 원어민과 영어로 대화한 경험이 많지 않습니다. 그래서 작년 12월, 이 프로그램에 선정되었다는 연락을 받았을 때 생각습니다. 오 마이 갓, X 됐다. 그러니까 그 거짓말이 낳은 결과가 이것입니다. 미국인들 앞에서 영어로 프레젠테이션을 하는 참사….

선정 연락을 받고 가장 먼저 한 것은 전화 영어 수업을 신청한 것입니다. 저는 매일 아침 필리핀 선생님과 전화로 통화를 합니다. 예전에도 전화 영어를 했지만, 그건 그저 아침에 절 깨워줄 사람이 필요해서 한 것일 뿐이었죠. 사실 오늘도 아침에 하고 왔습니다. 그러니 제 하루는 완벽하지 않은 언어로 누군가와 대화를 하는 것으로 시작합니다. 일어나자마자 말문이 막히는 경험을 하는 것이지요. 그런데 말문이 막히는 거 좀 좋지 않나요? 왠지 안전한 기분이 들지 않나요?

　저는 매일 악몽을 꿉니다. 그래서 잠에서 깨면, 너무 무서웠다고 이를 사람이 필요합니다. 필리핀 선생님에게 오늘은 괴물이 쫓아왔다고, 오늘은 누가 날 괴롭혔다고 이릅니다. 그리고 불완전한 영어로 꿈을 요약해냅니다. 그렇게 나눈 대화는 시가 되기도 합니다.

　이 강연에서 제가 한국에서 어떤 활동을 하는지, 그리고 어떤 작품을 썼는지 이야기하는 것도 좋아 보입니다만, 제가 아이오와에 와서 겪고 있는 변화들에 관해 이야기하는 것 또한 재미있을 것이라 생각합니다. 이곳에 와서 저는 영어와 한국어가 혼합된 시를 쓰기 시작했습니다. 오릿이라는 작가와 친해졌는데, 하루는 그녀가 제게 영어로 즉흥 시를 쓰자고 제안했습니다.

　-그런데 난 영어로 시를 써본 적이 없는데?

　저는 반문했습니다. 그러자 오릿이 말했습니다.

　-더 좋지. 별로인 글을 써도 넌 모를 테니까!(even better, even if you write something terrible, you will not know!)

　그렇게 오릿과 도서관에서 즉흥 영어 시를 쓰기 시작했습니다. 우리는 도서관의 각 층에서 아무 책이나 골라 테이블에 부려놓고, 찢어진 종이에 책 문장을 한 개씩 뽑아 적었습니다. 그다음 종이를 섞고 문장을 골라 시를 썼습니다. 찢어진 종이들을 보고 있자니 책의 구토물을 보는 것 같았습니다. 저는 진심이라는 것은 우리 내면에 있다고 생각하지 않습니다. 진심이 내면에 있어서 그것을 글로 끄집어내는 것이 아니라, 널브러진 문장들에서 진심을 사후적으로 찾아내는 것이라고 믿습니다. 술 먹은 다음 날 화장실에서 토를 하고, 그 토사물의 색을 보고 어제 무슨 일이 있었는지 짐작하게 되는 것처럼…. 그게 제 작업 방식이기도 합니다. 나는 내가 뽑은 문장과 친구들이 뽑은 문장이 널브러진 테이블에서 나의 진심을 찾아보았습니다. 그리고 영어로 시를 썼지요. 영어로 써야 이 친구를 웃길 수 있으니까요. 아, 사랑의 힘이 있다면 시도 영어로 쓸 수 있는 것입니다. 영어로 써야 친구가 내 시를 읽을 수 있다니, 그만 한 영어 공부 동기가 어디 있겠습니까?

물론 영어가 서툴러서 아름다운 문장을 쓸 수 없었습니다. 그런데 아름답고 멋진 문장을 쓸 수 없음이 도리어 시를 아름답게 했습니다. 간접적으로 말하거나 비유를 쓰는 대신 본질에 직진하는 시를 쓸 수 있었습니다. 완벽한 도구가 없다는 사실이 글을 더 독특하게 만든 것입니다.

모로코 작가 다니엘 페나크는 책을 읽는 것을 '쪼다'라고 표현합니다. 새가 부리로 나무를 쪼듯이 책을 읽는다는 표현이 재미있지요. 책 한 권을 처음부터 끝까지 쭉 읽는 것이 완벽한 독서일 수 있겠지만, 그는 아무 데나 펴서 새가 나무를 쪼듯이 읽습니다. 저 역시 이런 식의 독서를 좋아합니다. 저는 운전을 할 때 오디오북을 듣습니다. 주로 소설책 낭독이죠. 그런데 운전할 때는 내비게이션 음성도 들어야 하고, 거리의 신호에도 주의를 기울여야 하므로 독서에는 구멍이 뚫립니다. 그래서 내용이 이해되지 않습니다. 그럴 땐, 그냥 이야기를 지어내고 내 멋대로 다리를 잇습니다. 그리고 도통 이해가 되지 않을 때는 나중에 친구에게 전화해서 물어봅니다. "그래서 어떻게 된 거야?" 당연히 친구도 책을 안 읽었기에 내용을 지어냅니다. 그로 인해 저는 원작으로부터 점점 더 멀어집니다. 표류하는 배처럼….

저는 여행지에서 책을 찢어서 읽습니다. 책이 너무 무겁기 때문이지요. 찢은 낱장을 돌돌 말아서 화장품 파우치에 넣고 다닙니다. 그런데 책을 찢어서 읽으면 꼭 몇 페이지를 잃어버리는데 그 상실로 인해 또 다른 이야기를 짓게 됩니다. 어떤 페이지는 앞뒤가 뒤집혀 문장이 이어지지 않기에 시적인 문장이 탄생합니다. 그곳에서 시를 시작하기도 합니다. 비슷한 방식으로 시를 쓰는 시인이 있습니다. 에리카 바움Erica Baum이라는 시인인데 이 시인은 책의 모서리를 접어서 뒤 페이지와 앞 페이지의 문장을 만나게 하고, 그 충돌을 활용해 시를 씁니다.

이것이 오늘 말하고 싶었던 주제, 쓰기와 읽기의 불완전함입니다. 이야기를 마무리하기 전에 제 나라에 관해 얘기해야 할 것 같군요. 한국에 대해 말하자면… 음, 제 필리핀 선생님은 말했습니다. 반드시 케이팝에 관해 말하라고요. 그게 제가 미국에 파견된 진짜 이유라고…. 네, 한국은 케이팝의 나라입니다. 그런데 한국은 시인의 천국이기도 합니다. 제가 생각하기에 한국만큼 시를 많이 쓰고 많이 읽는 나라는 없습니다. 그게 참 신기하지요. 매달 수많은 시집이 쏟아져 나오고 사람들은 시를 사랑합니다(고 믿고 싶네요). 나는 언젠가 한국을 떠날지도 모르지만, 적어도 한국 시를 떠나지는 않을 것 같습니다.

들어주셔서 감사합니다. 그럼 이제 질문을 받겠습니다.

3부

자바 하우스

일기를 쓰러 매일 방문하는, 다운타운의 커피숍 자바 하우스는 다음과 같이 생겼다.

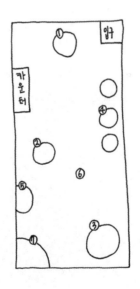

① **곰 형님**

자바 하우스의 중심인물로, 입구에 자리한 낡고 지친 곰 인형은 인생의 고민을 떠안은 채 하루하루를 버티고 있다. 어떤 굴곡진 삶을 살았는지 알 수 없지만, 손발은 언제나 부어 있으며 꽉 끼는 티셔츠를 입고 높은 의자에 앉아 있다. 그조차 버거운지 책상에 가슴을 기댄 채 무게를 싣고 있다. 해를 등지고 있으므로 얼굴에 그늘이 지고 길게 자란 눈썹은 두 눈을 덮고 있다. 방만한 풍채의 곰 형님은 자리를 많이 차지한다. 게다가 특유의 삼엄한 분위기 탓에 곁에 아무도 앉지 않는다. 이 형님만 치워도 대여섯 명의 손님은 더 받을 수 있는데 그는 아이오와 시티의 신성한 주춧돌이기에 잘못 건드리면 화를 입을 수 있다. 아이오와에 햇빛이 많고 행복이 넘치는 이유는 곰 형님이 삶의 고통을 대신 짊어지고 있기 때문이다. 그는 아이오와의 프로메테우스다. (혹은 카페 주인이거나…)

② **백발의 노인**

백발의 할아버지. 은색 보행기에 의지해 느릿느릿 걸어 지정석에 앉는다. 잘 다린 셔츠 주머니에는 손녀가 만든 것으로 추정되는 종이 휴대폰이 꽂혀 있어 언제든 전화를 받을 수 있다. 종이 신문을 읽으며 뜨거운 커피를 마신 뒤 유령처럼 사라진다. 그가 떠나는 모습은 본 적이 없다.

③ 소개팅 존

사랑은 어디에서나 필요하다. 사람들의 이목을 피할 수 있는 이 모서리는 소개팅 존으로 안성맞춤이다. 몇몇 작가들이 소개팅 어플을 통해 사람을 만나는 모습을 목격했다. 그러다가 진짜 사랑에 빠져버리면 어쩌려고? 하루는 이런 일이 있었다. 패널 디스커션에서 공짜 피자를 얻어먹고 숙소로 돌아가던 길, 한 작가가 IWP에서 눈이 맞아 결혼한 작가들에 관해 말했다. 이곳에서 누군가와 사랑에 빠질 수 있다는 생각을 해보지 못해서 무척 놀랐다. 중장년층 위주이다 보니 다들 삼촌, 이모 같으니까. 예전에는 IWP에서 정분이 나서 결혼하거나, 불륜을 저질러서 문제가 된 사례도 있단다. 그러더니 한 작가가 말하길, 아이오와에 온 지 얼추 한 달이 지났으니 슬슬 커플이 생길 때도 됐다는 것이다. "누가 연애를 해?" 내가 묻자, 그들은 나를 빤히 쳐다봤다.

-그게 안 보여, 네 눈에는?

알고 보니 삼각관계가 진행 중이란다. 관계가 탄로난 경위는 다음과 같다. 단체 여행을 가는 버스에서였다.

언어를 공유하는 작가 A와 B는 옆좌석에 나란히 앉아 그들의 언어로 대화를 나누고 있었다. 해당 언어를 구사하는 작가는 그들뿐이었다(고 그들은 방심했다). 사실 그들은 연정의 대상인 작가 C를 사이에 두고 말싸움을 벌이고 있었다. 그런데 뒷좌석의 작가가 그 이야기를 엿듣고 있었다. 다만 아무도 그가 그 언어를 이해하는지 몰랐다. 그리하여 순식간에 소문이 퍼지고 만 것이다.

삼각관계인 A, B, C는 영어로 소통한다. 셋 다 영어 실력은 형편없다. 어떤 느낌일까? 사랑하는 사람과는 언어가 달라서 말이 잘 안 통하는데, 연적끼리는 잘 통한다는 게. 그런데 웃기게도, 이 둘의 관계를 의심한 작가도 있다. 한 작가가 말하길, A와 B가 연애를 하는 것 같다는 것이다. 허구한 날 둘이 붙어 다니는데, 한 명은 늘 뿔따구가 나 있다고. 사랑싸움을 하고 있는 것 같다나 뭐라나. 사람들 눈에는 누가 누구를 사랑하는지 보이지 않는구나. 나에게도 보이지 않았듯이.

④ 오릿

미중년 아저씨와 딥토킹 중인 오릿. 시의 심오한 아름다움에 관해 토론 중.

⑤ **알리의 전용 집무실**

실내가 쩌렁쩌렁 울리도록 아랍어로 통화 중인 알리. 비즈니스맨이기도 한 알리는 현지 업체와 통화 중이다. 이따금 처음 보는 외국인들이 그를 방문한다. 알리는 서류들을 한쪽으로 치우고 상담을 시작한다. 아이오와에도 그의 고객이 있나? 손님이 떠나고 알리는 업무를 다시 시작한다.

⑥ **남은 공간**

나머지 공간을 채우고 있는 학부생들. 엘튼 존의 〈로켓맨〉이나 벨벳 언더그라운드의 〈페일 블루 아이즈〉 등 고전적인 팝송이 흘러나온다.

⑦ **진실의 토끼**

화장실에는 무시무시한 액자가 걸려 있다. 어린이 토끼가 진실을 말하지 않아서 어른 토끼에게 혼나고 있다. 어른 토끼는 매서운 표정으로 말한다. "Tell the truth." 어른 토끼는 진실을 받아들일 준비도 되지 않았으면서 다그치고 있다.

난 축지법을 쓰며 사람들을 관찰한다.

도망가는 존의 원고

요즘은 매일 일기를 쓰지만, 일기라고 부르기도 뭐한 원고들이다. 일기보다 아래 단계(?)의 원고가 있다면, 그걸 뭐라고 부르지? 하위-일기? 잠재-일기? 그림으로 따지면 스케치 선만 따놓은 단계의 일기로, 나중에 제대로 된 일기를 쓰기 위해서 간단하게 기록해놓는 것이다. 예를 들자면….

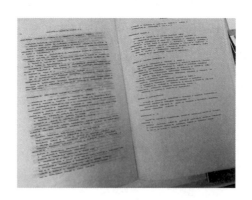

이 책은 멀리서 보면 육필 원고 같지만 가까이서 보면 책 전체가 구불구불한 밑줄로 되어 있을 뿐이다. 허구 일기랄까…. 이 책은 실제로 출간된 책이다. 이르마 블랭크Irma Blank의 《하이퍼 텍스트Hyper-Text》라는 책. (지금 보니 마침 작가 이름이 'blank'. 이름에 충실하게 책 전체가 하나의 커다란 빈칸이다.)

그런데 하위-일기는 휴대폰에 써놓은 메모를 기반으로 작성되기 때문에 메모와 다르다. 지금 이 일기는 이전에 쓴 하위-일기를 기반으로 작성되고 있다.

나는 안경을 쓰지 않지만, 하위-일기를 보정하고 다듬어 일기를 쓸 때, 특수한 글쓰기 안경을 쓴 기분이 드는데, 이 특수 안경을 쓰고 하위-일기를 읽으면, 과거의 일들이 눈앞에 선명히 재생되고, 하위-일기에 적힌 문장의 파편에서 가지가 자라면서 일기라는 것을 쓸 수 있게 된다.

참고로 이 일기를 쓰면서도 다른 파일에 틈틈이 오늘의 하위-일기를 쓰고 있는데, 그건 이 일기를 쓰면서 동시에 내 삶이 진행되고 있고, 삶이 진행되면 글쓰기의 부스러기가 생겨 잘 모아놔야 하기 때문이다. 글쓰기의 부스러기는 지금 내가 먹고 있는 치토스 봉지에 남은 부스러기와 본질이 같으므로 소중하게 다뤄야 한다.

오늘(일기의 탈을 쓰고 오늘, 이라고 적어본다. 일기를 '오늘'

쓰는 게 가능할까?)은 남아프리카 공화국 작가 부시와 점심 약속이 있어서 샤워를 하고 부랴부랴 외출했다. 올드 캐피톨 몰에 있는 '호자'라는 아시아 식당에서 부시는 김치가 들어간 치킨 덮밥을, 나는 계란 볶음밥을 주문했다. 부시는 영어로 시를 쓴다. 필리핀 작가 노엘과 홍콩 출신 타미도 영어로 글을 쓴다. 홍콩의 문학 시장은 영어 시장과 중국어 시장으로 분리되어 있어서, 어떤 작가들은 영어로 글을 쓰고 어떤 작가들은 중국어로 글을 쓴다. 그리고 둘은 서로 다른 채널을 사용하고 섞이지 않는다. 그래서 같은 홍콩 작가지만 타미는 영어로, 에바는 중국어로 쓴다. (우스갯소리로 타미는 자신이 영어로 시를 쓰는 이유는 엄마가 자신의 시를 읽는 것을 방지하기 위해서라고 말한 바 있다.) 그러니까 타미는 홍콩에서 영어로 쓴 책을 출판하는 건데, 나로서는 상상이 잘 안 되는 일이다. 내가 갑자기 한국에서 영어 시집을 낸다면? (누가 읽지?)

부시는 MFA를 따러 미국에 다시 올 계획을 하고 있다. 아이오와 MFA에도 지원할 거라고. 부시는 영어로 시를 쓰니까 충분히 가능할 것이다. 나는 부시에게 IWP 스태프인 존도 아이오와 MFA에 지원하는데 그가 커먼룸에 둔 샘플 원고를 봤는지 물었다. 대부분의 작가들이 그 사실을 모르고 있는데, 그도 그럴 것이 그가 채팅방에 그 사

124

실을 알리지도 않고, 작가들에게 따로 얘기하지도 않으며, 그저 우연히 누군가 그 원고 뭉치를 발견하기를 바라고 있기 때문이다. 그런데 그런 것치고는 첫 페이지에 꽤나 열망이 가득한 장문의 편지를 붙여놓았다. (작가들에게, 당신의 영혼으로부터 많은 영감을 받고 있습니다. 부디 제 원고를 읽고 피드백을 줄 수 있을까요?) 부시는 진즉에 발견했다며, 아마 존의 원고를 처음 발견한 사람이 자기일 거란다. 그리고 존의 원고가 계속 도망치는 것을 아냐는 것이다. 부시는 구석에 숨겨진 존의 원고를 잘 보이는 테이블에 옮겨놓았단다. 그런데 밤이 되면 원고가 다시 구석으로 기어들어간다고. 아이오와 하우스 호텔에 살지도 않는 존이 매번 커먼룸에 와서 몇 명이 원고를 가져갔는지 세어보고, 다시 원고를 그늘 속에 숨겨놓고, 누군가 우연히 그 원고를 발견하고서 자신에게 은밀히 연락하기를 바란다는 것.

오늘 밤에는 꼭 존의 원고를 읽어봐야겠다.

야스히로 자서전

시카고 여행을 간다. 꼭두새벽부터 일어나 IWP에서 대절한 버스에 올라탔고, 야스히로와 옆자리에 앉게 되었다. 덕분에 버스가 달리는 동안 야스히로의 인생사를 들을 수 있었다. 나는 이 여행길을 '야스히로의 자서전'이라고 부른다.

야스히로(야스히로는 62세다, 58세거나)는 오사카에서 나고 자라 히로시마로, 도쿄로 옮겨갔다. 그다음 미국에서 경영 세일즈맨이 되었다. 그의 미국 생활은 필라델피아에서 시작되었고 다음은 시카고였다. 아이를 낳은 뒤에는 독일로 건너갔다. 가족 중 독일어를 할 줄 아는 사람은 아무도 없었지만 1년 정도 지나자 자신만 빼고 모두 독일어를 잘하게 되었단다. 그는 자신의 아이들과 독일어 혹은 영어로 소통한다. 그런데 부친의 건강이 악화되어 한동안 일본을 오가며 아버지를 간호했다. 아버지가 돌아가신 뒤에는 장모님의 건강에 문제가 생겨 현재 그는 일본에서 학생들을 가르치며 그녀를 간병하고 있다.

　-그녀마저 떠나면 정말 일본에 갈 일이 없을 거야. 임대 아파트도 처분하고 독일로 가야겠지.

　이민자의 삶에 대해 관심을 갖게 된 것이 얼마 되지 않았기 때문에 그들의 마지막 모습은 내게 낯설었고, 야스히로는 조금 쓸쓸해 보였는데, 그의 내면에서 낯선 평화 또한 엿볼 수 있었다. 사는 곳을 정리한다는 것. 나는 친구가 미국으로 유학만 가도 우주로 가버린 느낌이 든다. 그들도 우주로 가는 기분이 들까. 사는 곳을 떠나버리다니. 그게 가능한 선택지였다는 걸 몰랐다. 아이도 있는 그가, 언어가 통하지 않는 나라로 폴짝 넘어가 살았다는 것이 경이롭게 생각되었다. 야스히로는 나에게 "왜 못 떠나? 넌 아직 젊은데?"라며 미국에 와서 더 공부할 생각은 없는지 물었다. 그 생각은 미처 해보지 못했다. 한국에서도 대학원에 진학한 적이 있지만 금세 관뒀다. 그런 교육이 부질없다 못해 해롭다고 생각했으니까. 그 뒤로는 더 이상 학교라는 곳에 소속되고 싶지 않았다. 생각해보면 코토미도 처음에는 대학원생으로 일본에 갔다가 취업을 하고 쭉 살게 되었다. 하지만 미국에 와서 공부할 자금이 없다고 하자, 학비는 대학에서 전액 지원해준다는 것이었다. 심지어 생활비도 제공하기 때문에 거주 문제도 해결된다고. 신박한 소식이었다. 떠나고 싶다는 말을 입에 달고 살면서, 정작 현실로 옮길 생각은 해보지 못했는데, 미국으로 건너와 다시 공부하는 것이 어쩌면 가능한 선택지일 수도 있다는 생각이 들었고, 그로 인해 마음이 어수선해졌다. (대신 지원자는 700~800명이고 합격자는 다섯 명에서 열 명 정도⋯)

야스히로는 일본어로 시를 쓴 한국 시인 김시종에 관한 이야기를 들려주었다. 처음 듣는 이름이었다. 그는 일제 강점기 때 일본어를 흡수해서 독립한 뒤에도 일본어로 글을 썼다. 야스히로는 그가 적의 언어로 시를 쓰는 것에 대한 죄책감이 있었을 것 같다고 했다. 김시종 시인은 3·1 운동에 참여한 김찬국과 제주시 출신의 김연춘 사이에서 태어났고 어린 시절에는 일제 강점기의 교육 시스템 아래 성장했다. 당시 조선의 교육은 일본어와 일본 문화를 중심으로 이루어졌으므로, 김시종 역시 어린 시절과 학창 시절을 일본어 환경에서 보냈다. 그는 학교에서 황민화 교육을 받으며 일본의 동요, 소학교 창가, 옛이야기에 노출되었고, 종전을 맞이할 때까지 조선어에 매우 서툴렀으며 한글은 한 자도 쓸 수 없었다고 한다. 조선인들이 겪어야 했던 언어적 및 문화적 억압의 결과였다. 해방 이후 16세의 그는 조선어와 한글을 학습하기 시작했지만, 언어 습득에 있어 가장 민감한 시기에 모국어를 잃었으니, 모국어야말로 그에게 제2외국어였을 것이다. 그 뒤 제주도에 거주하던 그는 4·3 사건에 연루되고, 이후에는 '등교 거부자' '적색 동조자'로 몰려 학교에서 제적되었으며, 미 군정에 의한 '소각 작전' 등을 겪으며 한국에서의 정치적 활동과 그에 따른 박해로 인해 일본으로 밀항한다. 일본에 정착한 후에는 재일조선인의 정치적·문화적 활동에 깊이 관여하며 일본어로 시를 썼다.

시카고 사건

　날이 흐리다. 시카고는 원래 날이 흐린 것처럼. 그런데 그게 썩 잘 어울리고 아이오와와 대비되어서 좋았다. 시카고는 마천루의 도시였다. 큰 강 때문에 바람이 거세고, 높은 건물이 즐비해서 위협적으로 느껴졌다.

　시카고에 도착하자마자 작가들이 한 일은 자신의 창문 뷰를 촬영하여 단체 채팅방에 공유한 것이다. 공평하게도 멋진 뷰를 배정받은 작가는 아무도 없었다. 맞은편 건물이 뷰를 가리고 있었고 숙소는 그늘져 있었다. 하지만 시카고에서는 어두운 방이 좋았다. 대도시에서는 한껏 움츠리게 되고 숨어 있고 싶은데, 아늑하고 조용하고 그늘진 이 방이 숨어 있는 기분을 느끼게 해주었다. 하지만 벌써 아이오와 하우스 호텔이 그립다.

　코토미는 반나절 동안 도시를 혼자 탐색하고 싶다

며 홀연히 사라졌고, 에바와 나는 시카고 현대 미술관에 가보기로 했다. 4층에서는 개리 시몬스Gary Simmons의 작품을 관람할 수 있었다. 자신의 작품을 지우는 것으로 유명한 작가인 모양이었다. 그의 특기는 그림을 완성한 뒤 지우개를 문질러 그림을 반쯤 지우는 것이었다. 중요한 건 다 지우지 않고 지우다 마는 것이다. 그래야 바람에 휘날리는 형상이 완성된다. 그림 속 미피는 타자기를 두드리고 있는데, 바닥에서 거센 바람이라도 부는 듯 원고가 휘날리고 있다. 전시를 대충 보고 기프트숍을 얼쩡거렸는데 에바가 오더니 낭만쥐 인형 프레드릭을 집었다. 동화 속 프레드릭은 시인이란다. 여름에 다른 쥐들은 열심히 일하지만 프레드릭은 농땡이를 피운다. 그래서 눈총을 받지만, 겨울이 되자 여름 동안 쓴 시를 친구들에게 읽어준다. 시인은 일을 안 해도 된다는 내용을 합리화하는 동화였다. 그 동화를 쓴 작가는 분명 시인일 것이다.

그리고 노엘이 추천해준 오크 비전에도 갔는데 감흥이 없었다. 내게 여행은 무감흥 놀이다. 낯선 곳에서 몇 달씩, 몇 년씩 거주하는 것은 좋지만 캐리어를 끌고 다니며 호텔을 전전하고, 온갖 명소를 방문하는 모든 행위를 일절 꺼린다. 나는 다양한 경험이라는 말을 잘 믿지 않는 경향이 있는 것 같다. 유일하게 기대한 건 시카고 피자였다. 그래서 에바와 코토미를 데리고 저녁으로 '지오다노스 giordano's'라는 피자집에 갔다. 하지만 한국 피자가 더 맛있었다. 우리는 마지막 코스로 전망대 '시카고360'에 갔는데, 올라가는 것만 35달러이고, 10달러를 추가로 지불하면 '틸트Tilt'라는 기울기 체험을 할 수 있었다. 벽에 고정된 바를 붙들고 몸을 맡기면 유리외벽이 30도 기울어서 거리를 직접 내려다볼 수 있다. 유리벽이 기울 때 직원이 관광객의 뒷모습을 사진으로 찍어주는데 세 장에 30달러, 네 장에 40달러였다. 호구인 나는 사진을 사자고 제안했다. 에바는 둘의 의견에 따르겠다고 했고, 코토미는 "노"라고 했다.

시카고에서 있었던 사건을 기록해두어야겠다. 코토미는 지독한 목감기에 걸렸다. 목소리가 나오지 않아서 번역기로 소통해야 했는데, 그게 불편해서인지 그녀는 주로 혼자 돌아다녔다. 대낮이었다. 코토미는 홀로 골목을 배회하고 있었다. 그때 청소년 무리가 나타났다. 그들은 위협적인 포즈로 코토미를 향해 바싹 다가왔고, 한 명이 코토미의 얼굴을 가격한 뒤 낄낄거리며 도망갔다. 동양인 혐오 사건이었다. 이 사건은 IWP의 동양인 작가들에게 충격을 주었고, 여행 중에 일어난 사고인지라 IWP에서도 제대로 수습하기 어려웠다. 코토미는 마음을 추스르느라 아무에게도 말하지 않았던 것 같다. 그녀는 시카고를 떠난 뒤에야 입을 열었다.

아이오와의 다운타운에는 홈리스들이 있다. 그들은 행인과 안부를 주고받으며 잘 지내는 편이다. 그런데 그중 인종차별주의자가 한 명 있다. 흥미로운 점은 그가 국적을 기막히게 잘 알아맞힌다는 점이다. 하루는 케빈과 에바, 코토미 그리고 노엘과 걷고 있었는데 그가 우리를 손가락으로 가리키며 "코리안! 타이완! 홍콩! 너네 나라로 꺼져!" 하고 소리쳤다. '내가 한국인인 걸 알아본 건 네가 처음이야. 다들 나를 일본인이나 중국인이라고 생각하는데!' 웃고 넘겼지만, 며칠 뒤 프레리 라이츠 낭독회에 가는 길에 그를 또 마주쳤다. 그는 내게 돈을 요구했고, 무시하자 알아들을 수 없는 욕설을 퍼붓더니 나를 향해 가래를 두 번 뱉고는 한국으로 꺼지라고 했다.

이 일을 에바에게 말했더니 에바가 케빈에게 말했고, 케빈이 아이오와 프로그램 담당자에게 전달하는 바람에, 담당자가 작가들에게 전체 메일을 보내는 일까지 벌어졌다. 그래서 담당자에게 일을 그렇게 크게 만들려던 건 아니라고 답장했다. 그날 아침 그를 또 봤는데, 그는 흰 이불로 온몸을 꽁꽁 싸맨 채 푸른 우체통에 무게를 싣고 담배를 피우고 있었다. 한편으로 그가 아이오와의 추운 겨울을 어떻게 지낼지 걱정되었다. 당시 내가 이 일을 심각하게 받아들이지 않았던 이유는, 일을 크게 만들고 싶지 않았고 어차피 곧 아이오와를 떠나기 때문이었다.

그런데 사실 나는 미국에 대해 아는 것이 하나도 없다는 생각이 든다. 내가 소속된 곳, 그리고 부대끼며 교류한 사람은 사실상 미국인은 하나도 없는 타국적의 사람들로만 이루어진 단체니까. 한국인이 없는 한국 소재의 프랑스 국제 학교 같은 곳을 다닌 것과 유사하달까. 그러니 이민자들이 일상생활에서 수시로 겪는 차별과 갈등, 마이크로어그레션이랄지 유리천장, 인종 차별에 대해 아는 것이 없고, 그래서 이곳에 이민자로 혹은 유학생으로 오게 된다면 그것은 지금과 전혀 다른 경험이리라 생각된다.

비스킷 낭독회

작가들은 아이오와로 돌아갔다. 나는 낭독회가 있어서 시카고에 이틀 더 머물 예정이다. 《책기둥》의 영문판을 출간한 블랙오션 출판사의 관계자인 캐리의 집에서 열리는 비스킷 낭독회에 참여하기로 했다. 캐리의 집은 시카고 우크라이나 빌리지에 있었는데 아담하고 입구에서부터 핼러윈 분위기가 물씬 풍겼다. 캐리는 쿠키 20인분을 굽고 있었고 집안 가득 달콤한 냄새가 진동했다. 하나는 버터 향이 나는 쿠키였고 하나는 허브가 들어간 쿠키였다. 직접 담근 딸기잼과 카야잼은 작은 종지에 담겨 있었다. 주방의 한 면을 차지하는 블랙보드에는 요일별로 식사 메뉴가 적혀 있었는데, 이를 통해 캐리의 꼼꼼한 성격을 짐작할 수 있었다. 뒷문을 열면 아름다운 정원이 펼쳐지는데, 검은 고양이 레이놀드가 그곳을 자유롭게 드나든다.

캐리는 큰 철제 바스켓에 각얼음을 채운 뒤 스파클링 워터와 캔맥주를 담갔다. 그리고 다 구운 쿠키를 녹색 천으로 덮어두었다.

캐리는 내게 지하실 전체를 쓰도록 내주었다. 지하로 내려가는 좁은 계단은 두꺼운 카펫이 깔려 있어서 굴러 떨어져도 다치지 않을 것 같았다. 나는 스몰토크에 재간이 없으니 지하에서 숨죽이다가 행사 시간이 임박해서야 1층으로 올라갔다.

거실은 손님들로 가득 찼다. 미국 가정집에 온 것이 처음인 데다가, 여러 인종이 섞인 IWP와 달리 대부분 백인이었기 때문에 내게는 낯선 환경이었다. 그런데 구세주처럼 노엘이 나타났다. 자녀들이 시카고에 살고 있어서 노엘도 이 도시에 며칠 더 머물 예정이었다. 사람들은 소파와 바닥에 앉아 비스킷을 씹고 맥주를 마셨다. 위태롭고 높은 의자에 앉아 천천히 시를 낭독했다. 나는 내 시가 현장에서 사람들을 웃길 정도는 아니라고 생각하는데 미국에서 나의 시는 나를 종종 스탠딩 코미디언으로 만들어준다. 사람들이 낄낄거리고 웃을 때 나는 시인이 되기를 잘했다고 생각한다. 노엘이 떠나고 나는 지하실로 숨었다. 사람들은 맥주를 마시며 파티를 즐겼고, 나는 지하실에서 나무 바닥이 삐걱거리는 소리를 한참 듣고 있었다. 사람들

136

이 떠나자 소리가 멎었다.

다음 날, 일어나자마자 짐을 챙겨 1층으로 올라갔다. 캐리는 남편과 정원에서 커피를 마시고 있었고, 주방의 유리 식탁에는 갓 구운 크루아상과 오렌지주스가 놓여 있었다. 그들은 오후에 사과를 따러 갈 거라고 했다. 감사 인사를 전하고 빌리지에서 나와 한참 걷다가 공항으로 갔다.

아이오와 시더래피즈 공항은 여태껏 본 공항 중에서 가장 볼품없다. 깡시골인지라 택시가 잡히지 않아서, IWP에 구호 요청을 해야 했다. 그룹 채팅방에 다운타운으로 가는 버스 편이 있는지 물어봤는데, 존이 'swing by(데리러 간다는 뜻)' 하겠단다. 그 말이 웃겼다. 요술 방망이를 휘두르는 이미지가 연상돼서. 존은 위스콘신에서 나고 자랐고, 하버드 대학교에서 문학 석사 학위를 받았다. 그리고 아이오와 문예창작학과 석사과정인 MFA에 진학하고자 이곳으로 왔다. 작년에도 지원했지만 떨어져서 재수 중이고, 그동안 IWP 스태프로 일하며 부업으로 우버를 몰고 있다. 존은 내 시에 관심이 많은 듯했다. 애초에 시를 그딴 식으로 쓸 수 있는지 몰랐다고. 한국에서 시인이 되는 경로를 물어보기에 대강 이야기해주었는데, 꽤 체계적인 느낌이 든 모양이다. 미국에서는 어떠냐고 물으니 작가가 아니어서 잘 모른단다. "그래도 경로가 있을 거 아니야" 하니 미국에서는 에이전시 없이 책을 출판하기 어렵다고 했다. 100군데도 넘는 에이전시에 원고를 투고했지만 답을 받지 못했다고. 그래서 이 아이오와 MFA가 그에게 절실한 듯 보였다. 모집 일자를 물으니 12월 15일이라고 정확한 날짜를 읊는다. 그는 아마 올해 붙지 않을까 싶다. 그의 인스타그램에는 게시된 사진이 한 장뿐이다. 고등학생 시절, 아이오와 대학교 MFA에서 주최하는 서머 캠프에 참여했을 때 찍은 단체 사진이다. 다음 사진은 MFA 게시물이 되었으면 해서 비워두었단다.

아이오와에 돌아오니 완연히 집에 온 느낌이다. 고마운 나의 작은 방. 고시원에서 살던 시절에, 나는 작은 공간에서도 풍부하게 살아갈 수 있다고 믿었다. 하지만 많은 것이 바뀌었고, 넓은 공간에 살다 보니 부엌도 없는 작은 호텔방이 갑갑하게 느껴질 거라 걱정했다. 예상과 달리 나는 여전히 별거 없이도 잘 살아갈 수 있는 인간이다. 시카고에는 자라도 있고 나이키도 있고 대형 쇼핑몰도 있지만, 그런 게 왜 필요한가. 다운타운의 작은 마트인 '타깃 Target'에 인생에 필요한 모든 게 있는데. 한국에 살 때 나는 맥시멀리스트에 가깝지만 아이오와에서는 필요한 게 없어서 미니멀리스트가 된다. 삶을 더 풍족하게 만들어야

할 필요성을 느끼지 못하기에 소유욕이 줄어드는 것 같다.

　　한국은 추석이다. 인터넷에서 추석 음식을 보니 군침이 돌아서 2만 5000원짜리 된장찌개를 먹으러 갔다. 아이오와에 있는데 이름은 LA 식당이고 파는 음식은 한식인데 주인은 중국인인 수상한 식당이다. 미끈한 두부와 부채꼴로 자른 귀여운 애호박이 둥둥 떠 있는 고추장 베이스의 된장국. 보글보글 끓으며 연기를 뿜어낸다. 수저는 갈비집이나 국밥집에서 자주 사용하는 종이 포장지에 싸여 있다. 포장을 제거하고 소복하게 쌓인 밥을 한 숟가락 푼다. 순식간에 밥 한 그릇을 뚝딱했다. 다른 작가들에 비해 고향 음식을 덜 그리워하는 편이지만 그래도 주기적으로 이 달콤하고 얼큰한 된장국을 먹으러 온다. 속이 뜨끈해지면서 감기 기운이 가신다. 한국에 돌아가면 아이오와 된장국이 그립겠지.

소화불량의 책

- 책은 속내를 잘 비추지 않고
샛길로 가득한 숲이 되었다.

책이 스티커 북인 거야. 모든 단어가 스티커여서 떼어낼 수 있는 거지. 그리고 그 책을 전시해. 혹은 도서관에 기증하거나. 사람들이 단어를 한 장씩 떼어가. 책은 단어를 하나씩 빼앗겨. 다음 사람은 불완전한 문장을 읽게 돼. 많은 사람이 책을 읽을수록, 책은 점점 단어를 잃고, 읽기는 잃기와 동의어가 되지. 더 많이 읽힐수록 책은 불완전해지고, 지워지고, 잃고, 상실하고, 빼앗긴다. 많은 사랑을 받은 책은 단어를 모두 빼앗기고 마침내 빈 종이로 돌아간다.

오늘 북 아트 수업 시간에 접한 서적은 모두 무언가를 '끊임없이 빼앗기는 책'이었다.

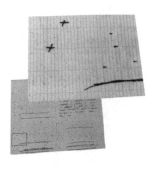

이것은 비주얼 아티스트이자 시인인 젠 벌빈Jen Bervin의 자수 작품이다. 붉은 실로 엑스 자를 표시한 게 다인 것 같은데, 오릿은 가슴에 손을 얹고 또 감탄한다. 뭐가 그리 특별하냐고 물으니, 이 작품에는 심오한 맥락이 있단다. 해당 작품은 에밀리 디킨슨이 손으로 쓴 시를 시각화한 것인데, 시에서 내용은 모두 지우고 마침표와 같은 구두점의 위치를 붉은 실로 표시한 것이다.

-알 수 없는 외국어로 된 책 같네. 그 책에서 읽을 것은 오직 마침표뿐인 것처럼.

내가 말했다. 그보다 내 눈길을 끈 것은 톰 필립스의 《휴무먼트A Humument》라는 책이었다. 펼치면 책의 내장을 볼 수 있다.

원작에서 소량의 문장, 어구 혹은 단어를 남기고 나머지 부분은 그림으로 덧칠했다. 그리고 구불구불한 길을 뚫어서 문장을 연결했는데 마치 책의 소화기관을 보는 것 같다. 이렇게 해서 그가 발굴한 문장에는 이런 것이 있다.

6월만큼은 예술가에게 친절하게 좀 대해줘라(Be nice to an artist in June).

톰의 작업은 무엇을 지우고 남길 것인가에 관한 고민의 연속이었을 것이다. 테이블에 〈가디언〉 인터뷰 출력본이 놓여 있어서 훑어보았는데, 그가 활동하던 시대에는 이렇게 (타인의) 책을 훼손하는 것이 유행이었던 모양이다. 어느 날 톰은 런던의 헌책방에서 먼지로 덮인 책 한 권을 집었다. 윌리엄 허렐 맬록William Hurrell Mallock이라는 빅토리아 시대 작가의 소설 《휴먼 도큐먼트Human Document》였다. 톰은 왠지 그 책을 다르게 읽고 싶었을 것이다. 그래서 그는 낱장에 그림을 그려 문장을 덮었고, 남겨진 문장을 엮어 새로운 문장을 썼다. 그림 사이로 내비치는 문장들이 부싯돌처럼 맞부딪혔을 때 그는 희미한 불꽃을 목격했을 것이다. 절단된 문장은 서로 공명했고, 재배치를 통해 끊임없이 새로운 문장이 발굴되었다. (내 멋대로 이름을 붙이자면 절단 문학…)

그가 활동하던 1960년대는 예술가들이 예술병, 아니 훼손병에 걸려 있을 때라 톰의 프로젝트는 새로운 방식의 다시 쓰기로 환영받았다. 어떤 예술가는 도서관에서 대출한 책의 낱장을 고의적으로 찢었고, 누군가는 페이지의 순서를 함부로 바꾸었으며, 다른 책의 낱장과 바꿔치기도 했다. (내 멋대로 이름을 붙이자면 날치기 문학…) 책에 낙서를 하고 문장을 덧대는 건 일도 아니었다. (그러다가 감옥에 수감된 사람도 있다고…?) 이런 활동은 '창조적 파괴creative destruction'라는 이름으로 불리게 된다.

《휴무먼트》를 만드는 동안 텍스트 작업과 이미지 작업을 병행해야 했으니 톰은 이 작업에 꽤 많은 시간을 쏟아야 했을 것이다. 그는 작업을 마무리하는 데 총 50년이라는 시간을 쏟아붓는 타노스급 가성비를 보여주었다. 그 뒤로 여러 아티스트들은 남의 책을 어떻게 지울 것인지 고민했다. 톰처럼 매 페이지마다 그림을 그리는 건 무리였을까. 미국 시인 메리 루플은 좀 더 가성비 있는 선택을 한다. 그녀는 페인트로 책의 문장을 좍좍 지웠다. (흰색 페인트를 사용했다는데 내 눈에는 그냥 다이소 화이트.) 어떤 아티스트는 검정 마커로 책의 대화 부분을 지움으로써 책의 장르를 무언극으로 바꿔버리기도 했다. (이로써 책은 함구증 걸리게 된 셈.) 이런 작업은 원작자 입장에서는 난데없는 폭탄 투하였을 수도 있을 것이다. 하지만 그보다 궁금한 건 이들의 욕망이다. 왜 본인의 책을 지우는 대신 굳이 남의 책을 지우고 싶었을까? 메리 루플은 출간한 책도 많으면서…. 가장 지우고 싶은 책은 보통 자신의 글이지 않나…?

나 역시 절판하고 싶은 책이 몇 권 있다. 그중 한 권은 계약기간이 종료되면 절판하기로 했다. 그런데 다른 방식의 지우기가 가능하다면 새롭게 지워보고 싶다. 한 20년쯤 뒤에, 화이트를 열 개 정도 사서 아주 많은 문장을 지우고 최소한의 문장만을 남기리라.

겡끼데스까

    하루는 몽 씨가 이런 이야기를 했다. 아이오와 번역학과의 그레이스와 미하루가 우리를 부러워한다고. IWP 참여 작가들의 연령대가 중장년층 위주다 보니 번역학과 학생들이 작가와 허물없이 친구로 지내는 경우는 흔치 않다. 그런데 몽 씨와 나는 연령대가 비슷해서 공식 행사와 별개로 종종 만나서 시간을 보낸다. IWP에 여자 삼총사가 있듯이 번역학과에도 삼총사가 있는데, 몽 씨, 그레이스, 미하루이다. 일본어를 구사하는 그레이스와 미하루는 코토미와 친해지고 싶었지만, 무슨 이유에선가 짝을 이루지 못했다. 이들은 코토미에 대한 모종의 선망이 있는 모양이다. 나에게 코토미는 이웃집 친구 같지만, 그녀는 작가로서 큰 명성을 지니고 있고 낯선 사람에게는 눈길을 잘 주지 않기에 사람들이 다가가기 어려워하는 것 같다. 확실히 나와 달리 코토미에게는 어떤 아우라 같은 게 있다. 게다가 몽 씨에 의하면 코토미는 그들에게 이런 인사말을 건네곤 한단다.

-안 죽었네? 살아 있었어요?

내가 아는 코토미에게는 그런 위트가 없기 때문에 정말이냐고 되물었다. 몽 씨는 진짜라며, 그럴 때마다 그레이스와 미하루는 쓰러진단다.

-"겡끼데스까?" 하고 묻는대요.

몽 씨가 또 실눈을 뜨고는 나직한 음성으로 읊조렸다. 내가 알기로 '겡끼데스까'에 '안 죽었냐'는 뜻은 없다. 하지만 몽 씨가 풍기는 특유의 어두운 분위기와 낮은 음성 그리고 실눈 뜨기가 더해지니 과연 '겡끼데스까?'가 '아직 안 죽었냐? 살아 있었군'으로 들리는 듯했다.

에바, 코토미와 'Hamburg inn 2'라는 노란 간판의 레스토랑에 갔던 날이었다. 난 버터와 메이플 시럽을 곁들인 전통적인 팬케이크를, 에바와 코토미는 직접 재료를 선택할 수 있는 오믈렛을 주문했다. 그리고 나는 코토미더러 정말 "Are you alive?" 하고 인사하는지 물었다. 코토미는 그런 적이 없단다. '겡끼데스까'는 영어로 'How are you'일 뿐이라고. 그 대답에 난 웃고 말았다. "역시 그렇지?" 코토미는 그냥 '안녕하세요?' 하고 인사했을 뿐인데,

몽 씨가 이상한 번역가여서 '겡끼데스까'를 '아직 안 죽었어요?'로 들은 걸 테다. 그러니 몽 씨는 자기 영혼을 구름이나 휘핑크림처럼 원고에 묻히며 번역하는 번역가인가 보다. 나는 몽 씨가 내 시를 어떻게 번역할지 기대되었다.

-'오겡끼데스까'는 조금 더 예의 바른 표현이고.

에바가 포크로 감자를 찍으며 말했다.

-'오'를 붙이면 경어가 되거든.

코토미가 덧붙였다.

-그럼, 오코노미야끼는?

나는 크리스털 잔에 담긴 딸기 셰이크를 빨대로 빨며 말했다.

-'오'는 사람 이름이나 명사 앞에 붙이지 않아.

언어학자이기도 한 코토미가 학구적인 톤으로 대답했다. 그래서 난 다음 단계로 넘어갔다.

-오-코토미-야끼!

아무리 생각해도 엄청난 별명인 것 같았다. 그러자 코토미는 자기는 오코토미야끼가 아니라며, 그렇게 부르지 말란다.

-오코토미야끼, 겡끼데스까?

그다음부터 나는 코토미를 틈틈이 오코토미야끼라고 불렀다. 그럴 때마다 코토미가 나를 흘겨보고는 못 말린다는 듯이 슬쩍 웃는다.

　아, 번역에 관해 몇 자 적어보려던 애초의 계획과 달리 또 삼총사 이야기를 해버렸다. 곧 번역 수업에서 내 작품을 다룬다. 그런데 애당초 어떻게 그 수업이 가능한지 의문스럽다. 매주 번역가는 비영어권의 작품을 번역해온다. 원문을 첨부하긴 하지만 수업에서 원어를 구사하는 사람이 해당 번역가와 작가뿐인 경우가 대부분인데, 잘 된 번역인지 아닌지 어떻게 토론을 한다는 말이지? 그러니까 한국어로 쓴 글을 영어로 번역한들, 원어를 모르는 사람이 어떻게 피드백을 준다는 말인가? 번역본만 보고서, 그것이 좋은 번역인지 아닌지 어떻게 판단할 수 있지? 틀림그림 찾기를 하는데, 원본 그림을 주지 않는 것과 뭐가 다르지? 몽 씨에게 이런 이야기를 하니, 영어로 번역된 원고만 보고도 그게 가능하단다. 교수와 학생들은 원고를 읽으며 원문을 상상해내고, 궁금한 것이 있으면 작가와 번역가에게 질의한다고. 이런 과정을 통해 서로 풍부한 피드백을 주고받을 수 있다는 것이다. 직접 그 수업에 참여해보기 전까지는 믿지 못하겠다.

　몽 씨는 IWP 디렉터인 크리스트 메럴 교수도 한국어를 전혀 구사할 줄 모르지만 한국어 시집을 몇 권 번역했다고 했다. 찾아보니 영어로 번역된 여러 한국 시집에 번역가로 그의 이름이 쓰여 있었다. "한국어를 모르는데 어떻게 영어로 번역해요? 그게 말이 돼요?" "아마 중간 번역가 같은 걸걸요, 다리 역할을 하는." "그게 뭔데요?" "그건 잘 모르겠는데, 그는 한글을 몰라요. 그런데 한국어 번역가예요." 몽 씨는 말했다.

역시 아이오와에서는 마법 같은 일이 많이 일어난다.

밤에는 들판을 걸어야 해

며칠간 비가 오더니 기온이 많이 떨어졌다. 햇빛이 비치는 곳은 따뜻하고 그늘진 곳은 서늘해서 날씨가 얼룩덜룩하다. 바람에 흔들리는 나뭇잎에 빛이 반사되는 풍경을 카페 창가에 앉아서 본다. 무소음의 풍경. 붉은 승용차가 도로를 느리게 달리고, 스케이트보드를 탄 아이오와 대학생이 지나간다. 소음은 내게 전달되지 않는다. 음소거된 거리의 풍경을 보고 있노라면 딱 그 정도의 거리를 세상과 유지하고 싶다.

IWP 작가들은 방문 학자 비자를 받기 때문에 아이오와 대학의 제반 시설(도서관은 물론, 헬스장과 학생 식당 등)을 무료로 이용할 수 있다. 도서관에는 책을 배달해주는 서비스가 있는데, 인터넷으로 신청하면 대출 도서를 집까지 무료로 배송해주고, 한 번에 500권까지 빌릴 수 있다.

책은 낡은 노란색 서류 봉투에 담아 배달된다. 봉투 입구에는 단추가 달려 있어 노끈을 두르거나 끌러 여닫을 수 있고, 뒷면에는 수기로 대출 기록을 작성하는 목록이 붙어 있다.

IWP 주최 측에서 작가들에게 생활비를 주기 때문에 여비가 부족하지 않지만, 책이나 친구들에게 줄 선물을 사는 등 추가 지출이 발생할 때는 식비를 아끼게 된다. 오늘도 저녁에 학생 식당에 갔는데 마침 메리와 카르멘이 있었다. 이들과 합석해 끼니를 해결하고, 소화도 시킬 겸 함께 들판으로 산책을 나가기로 했다. 메리는 할 일이 있다고 숙소로 들어갔고 카르멘은 신발을 갈아 신고 나오겠다고 했다.

올해나 내년 초에 아이오와 하우스 호텔은 철거된다. 그래서 내년에 오는 작가들은 삐까뻔쩍한 호텔에 투숙한다지만, 나는 언제든 들판으로 도망칠 수 있고 강으로 뛰어들 수 있는 다 쓰러져 가는 이 낡고 촌스러운 호텔을 사랑한다. 왜 있는지 모르겠는 커다란 얼음 기계의 소음을, 문틀의 아귀가 맞지 않아서 희미한 빛이 새어 들어오는 방을 애정한다. 커튼을 치고 소등하면 암흑이지만, 문 아래로 희미한 빛 밑줄이 그어진다. 벌어진 문틈의 빛. 오릿은 그 모습을 '이가 다 빠진 우리 할머니의 미소(my door smiles like my old grandma with no teeth)'라고 묘사했다. 벽이 얇아서 옆방에서 물 내리는 소리까지 들리지만, 그리고 50명이 넘는 투숙객과 세탁기 한 대를 나눠 써야 하지만 들판을 가까이 둘 수 있다는 것은 행운이다. 대부분의 일과를 보내는 도서관, 헬스장 및 주요 건물과 시설은 들판과 반대 방향에 있기에, 아침에는 들판에서 멀어지는 방향으로 걷는다. 낮에는 들판을 등지고 세상에 파묻혀 살고, 들판을 잊는다. 밤이 되면 세상을 등지고 들판으로 돌아간다. 밤에는 세상과 멀어지는 연습을 해야 균형이 맞으니까. 자기 전에 어둠을 가까이하기. 잠은 어둠과 어떻게 협력할 것인가의 문제이다.

　카르멘과 단둘이 얘기를 나눈 건 처음이었다. 프로그램 초기에 나는 그녀를 IWP에서 고용한 전문 사진사로 착각했다. 어딜 가나 자처해서 사진을 100장 넘게 찍기 때문이었다. 포즈와 시선처리까지 자세하게 지시하고 어물쩍 도망가려고 하면 눈을 부릅뜨며 불호령을 내린다. 그런데 그 눈빛이 너무 형형해서 거부할 수가 없다. 눈썹은 염라대왕의 것처럼 매서운데 우리는 그 눈썹을 '카르멘의 회초리'라고 부른다.

　들판을 걸으면서 나는 카르멘에게 아이오와 생활이 어떤지 물었다. 그러자 카르멘은, 작가들은 툭하면 이러쿵

152

저러쿵 문제를 제기하지만 자신은 불만이 하나도 없단다. 이곳에 올 수 있다는 사실이 얼마나 축복인지 매일 깨닫고 있다고. 그녀는 초반까지만 해도 불안에 시달렸다. 자국의 정치 상황 탓에 작가들은 말을 조심해야 하는데, 자신의 글이 체제 반항적인지라 언제 잡혀가도 이상하지 않다는 것이었다. 프로그램 초반에는 누군가 자신을 미행하고 있다고 생각해서 길을 걸을 때마다 뒤를 돌아보는 습관이 생겼다고 한다.

　-난 너무 무서웠어. 그들은 아이들을 앗아가. 집도 앗아가고, 나무도 뽑아가. 그리고 고양이와 강아지도. 그들은 어떻게 해야 사람을 가장 연약하게 만들 수 있는지 알거든.

　카르멘의 눈시울이 붉어졌다. 그녀는 팔뚝으로 눈물을 닦고, 고개를 쳐들었다. (완전 만화 주인공 같다.) 나는 카르멘의 등을 토닥였다.

　-돈 워리.

　나만 들을 수 있게 조용히 말했다. 돈 워리. 사람들은 들판에서 속삭인다.

　어떤 작가는 낭독회에서 사진과 영상 촬영을 정중히 거절한다. 자신의 글 때문에 어떤 일에 휘말릴지 모르기 때문이다. 어떤 작가들은 지리적으로 인접한 작가와 연대감을 느끼지만 정반대의 경우도 많다. 외교상 적대 관계인 경우도 있으니까. 그러나 대부분은 국가 간 정치 관계에 크게 얽매이지 않고 원만하게 지내는 편이다. 가령, 작가 D와 작가 E는 점심도 같이 먹고 꼭 붙어 다니는데, 공식 석상에서는 좀체 사진을 같이 찍지 않는다. 대외적으로는 적대관계라서 친구라는 증거를 남기지 않는 것이다.

-Because we are enemies.

D가 말했다. 하루는 한인 마트에서 산 초코송이를 먹는데, 다른 작가가 일본 과자라고 하길래 한국 토종 과자라고 따지며, 부스러기까지 나눠 먹었던 것을 제외하고는 갈등이라고 이름할 만한 일은 없었다.

이 정도의 갈등이야 매년 있을 법하다. 전쟁이 발발하기 전까지는 그랬다. 아이오와에 있는 동안 전쟁이 터질 줄 아무도 몰랐다.

쓰러지는 언어

내일은 번역 워크숍에 참석한다. 몽 씨가 번역한《일기시대》의 한 꼭지를 대상 텍스트로 다룰 예정이다. 예상 질문지에는 작가로서 가장 관심 있는 것은 무엇인가, 작품이 번역될 때 포기할 수 없는 것이 있다면 무엇인가, 원문에서 지키고 싶은 것은 무엇인가 등이 있었다.

작가로서의 주된 관심사?

에바와 다운타운에서 아이오와 된장국을 먹고 돌아오는 길에 그 질문에 대해 생각해봤다. 오늘은 문학 이론가 가야트리 스피박이 연사로 아이오와를 방문했다. 얇은 나무 지팡이를 짚고, 줄 달린 안경을 쓴 스피박은 아주 오래 산 나무를 연상시켰다. 나무라서 천천히 움직이는 것이 어울렸고 특유의 풍채와 갈라지는 중저음의 목소리는 좌중을 압도하기에 충분했다. 스피박은 아이오와 번역 워크

155

숍의 창시자이거니와 저명한 학자이기에, 그녀가 온다는 소식에 며칠 전부터 IWP 작가들도 들떠 있던 참이었다. 한국의 가은 언니와 통화를 하다가 내일 스피박이 온다고 이야기하니 화들짝 놀라며 부럽단다. 그래서 사인을 꼭 받아다주리라 약속했다. 코토미에게 같이 가자고 했더니 그녀답게 또 웹 서치를 대단히 하더니 같이 가겠단다. 강연은 고풍스러운 홀에서 열렸고, 자리가 꽉 차서 늦게 온 사람은 서서 강연을 들어야 했다. 물론 나는 그녀의 영어를 10퍼센트도 알아듣지 못했다. 옆에 앉은 코토미가 고개를 떨구길래, 너무 감명받아서 우는 건가 했더니 처녀 귀신처럼 긴 머리로 커튼을 치고 자고 있었다. 스피박의 강의에서 내가 유일하게 알아들은 말은 '번역에 실패하라'였다.

강연이 끝나고 나는 스피박에게 프레리 라이츠 서점에서 산 그녀의 책 《Living translation》(살아 있는 번역)을 건네며 사인을 부탁했다. 그리고 말했다.

-안녕하세요? 저는 한국에서 온 문학평론가 최가은이라고 합니다. 당신의 오래된 팬입니다.

스피박은 줄 달린 안경알 너머로 나를 쳐다보며 "오! 코리아" 하고 짧게 대답했다. 그리고 돌아오는 길에 나는 '안녕하세요, 저는 최가은이에요'라는 거짓말이 질문에 대한 답이 될 수 있지 않을까 생각했다. 남을 사칭하기, 남이 되기. 그게 내가 작가로서 지키고 싶은 것이 아닐까? 아마도 나에게는 배우의 기질이 있는 것 같다. 내가 아니고 싶다는 갈망은 글쓰기를 추동하는 강력한 동기 중 하나이다.

최승자는 번역이 무지하게 어려운 작업이라고 말했다. 번역가로서의 최승자에게 아이오와 체류는 어떤 의미였을까. 한국예술위원회에서는 IWP 한국 작가의 작품 번역을 지원하고 소책자로 제작해준다. 그런데 당시 최승자 시인은 자신의 시를 직접 번역한 모양이다. 그는 무수한 영어 원서를 한국어로 옮긴 번역가이지만, 한국어로 쓴 시를 영어로 번역한 경험은 처음이지 않았을까. 그는 원본과 유사한 뉘앙스의 단어를 찾기가 너무 어렵다고 토로했다. 완벽한 번역은 불가능에 가깝다고. 그의 아이오와 산문집을 읽으면, 그가 얼마나 원본을 지켜내고자 노력했는지 짐작할 수 있다. 나 역시 나의 시를 직접 영어로 번역해야 하는 순간들이 있는데, 생각보다 그 과정은 퍽 즐거웠다. 애당초 번역을 할 수준에 미치지 못하기에 엉망으로 해버리고도 만족하기 때문일 것이다. 재미있는 부분은 한 언어가 다른 언어와 부딪힐 때 벌어지는 접촉 사고이다. 최근 아이오와에서 '내 방에 들어온 파리'라는 시를 썼다. 한국어로 쓰고 영어로 번역해봤는데, 그 과정에서 이야기와 줄거리, 형식까지 몽땅 바뀌고 말았다. ('내 방에 들어온 파리'의 영역 제목은 'island'이다.) 이 정도면 전신 성형이 아닌가? 그것은 쓴 시를 발판 삼아 또 다른 시를 쓴 것에 가까웠다. 그런데 머리를 긁어 추가적인 비듬을 양산한 것을 좋은 일이라고 할 수 있을지…. 원문을 영어로 옮기는 건 내 입장에서 퇴고(혹은 퇴행일 수도…?)이자 그 시의 프리퀼 혹은 시퀼을 쓰는 것처럼 느껴졌다. 원본을 최대한 정확하게 보존하는 것은 번역의 기본이지만, 나의 호기심을 더 자극하는 일은 '어떻게 하나의 아이디어로 두 버전의 시를 쓸 것인가'였다.

　　어디에서 말하기를, 제2외국어를 배울 때 가장 먼저 내려놔야 하는 것 중 하나가 100퍼센트 같은 단어가 있을 것이라는 기대라고 한다. 언어와 언어는 1 대 1로 대응할 수 없다는 사실을 받아들일 때 언어가 빨리 는다는 것이다. 어차피 대체어가 없다면, 아주 멀어지는 건 어떤가? 새라는 단어를 손전등으로 번역하기, 바꿔버리기, 강탈하기, 중간에 탈환하기, 가로채기, 사기 치기. 하나의 언어가 다른 언어를 건드려 쓰러지게 하며, 돌이킬 수 없게 된다. 그것이 내가 지니고 있는 번역에 관한 희미한 인상이다. 쓰러짐과 옮김. 들것으로 싣고 가다가 엎어버림. 그것의 반복.

깍두기의 삶

　　노란색 교내 버스를 타고 삼바 하우스로 갔다. 흰 나무문을 열고 들어가니 몽 씨가 부엌에서 원고를 출력하고 있었다. 함께 뿌까 머리를 하고 나타나기로 약속했는데, 나는 약속을 어겼다. (이 자리를 빌려 사죄드립니다.) 몽 씨는 영어로 시를 쓴다. 그런데 그 시를 한국어로 번역해보려 했는데 쉽지 않다고 했다. 그 말을 들었을 때 문득 내가 번역해보고 싶다는 생각이 들었다.

　　-쌍 번역가가 되는 거예요. 몽 씨는 제 시를 영어로, 나는 몽 씨의 시를 한국어로. 쌍둥이 번역가. 쌍 뿌까….

　　한편 이런 생각도 했다. 영어로 쓴 시를 한국어로 번역하기 어렵다면, 시를 동시통역하는 건 어떨까. 녹음기를 켜고 시를 통역한다. 옮기는 과정에서 휘발되거나 침투하

159

는 것이 있다면 그냥 내버려둔다. 시를 설명하는 시를 쓰는 것이지. 동시통역 시.

번역 수업의 교수는 나타샤. 몽 씨가 귀띔한 대로, 나타샤는 내게 몇 가지 질문을 던졌고, 대체로 간단한 대답이어서 쉽게 답할 수 있었다. 이어서 학생들은 몽 씨에게 여러 질문을 했다. 한국어의 기본 특징들, 그리고 원문의 특성에 대한 질문이 주를 이루었다. 번역 수업은 다양한 언어를 대상으로 하고, 모두가 해당 언어를 구사하는 것이 아니기 때문에 기본적으로 번역 텍스트를 기반으로 원본을 상상하는 훈련이 포함되어 있었다. 원문의 문체는 어떠냐(Is it casual conversational flow or like poetic flow?)는 질문에 몽 씨는 내 일기는 대체로 구어체에 가깝지만 무심결에 시적으로 쓴 부분도 있는 것 같다고 답했고, 원문에 나오는 '뇌이쉬르마른'은 누구냐는 질문에 몽 씨는 "뇌이쉬르마른은 이분의 상상의 친구예요"라고 답했으며 난 고개를 숙였다.

다음으로는 문장 단위의 피드백으로 논의를 좁혀 들어갔다. 대안이 될 수 있는 표현은 무엇이 있을지 고민하고 서로 아이디어를 제안했다. 그때, 한 학생이 원고의 한 부분을 짚으며 질문했다. 앞 페이지에서 비슷한 이야기를 했는데 뒤에서 또 나온다고. 혹시 원문이 그런 건지, 아니면 번역의 문제인 건지. 번역의 문제일 리가. 왜 한 말을 또 했냐고 돌려서 말한 것 같았는데 맞은편에 앉은 학생이 말 했다.

"이거 그냥 일기잖아."

일기인데 뭘 그렇게 박하게 구냐는 것. 한 말 또 해도 되지 뭐, 시도 아닌데. 이런 뉘앙스였다. 순간, 내 머릿속으 로 희미한 섬광이 스쳐 지나갔다.

아, 일기를 쓴다는 건 깍두기로 사는 것이구나.

그럼, 평생 일기를 쓰며 살아야겠다.

나무에 대해 말하기

- 우리는 나무를 잘 알지 못한다.
우리는 그냥 나무를 떠나고 싶은지도 모른다.[✦]

문간에 노란 볼펜과 찢긴 종이가 놓여 있었다. 'The university of iowa-office of the dean of students'의 로고가 각인된 플라스틱 볼펜. 범인이 현장에 범행 도구를 두고 간 것. 종이를 뒤집어 보니 우측 하단에 작은 검정 하트가 그려져 있다. 오릿이리라. 어제 시를 배달하지 않은 것에 대한 소심한 독촉이었다.

간단하게 어니언 베이글에 크림치즈를 발라먹고 숙소를 나섰다. 갑자기 날이 추워졌다. 기온이 떨어지면 왜 세상은 조용해지는 걸까, 서운하게. 시끄러우면 덜 추울 것 같은데. 여전히 빛은 있지만 희미하다. 빛이 아주 얇은 막에 여과되어 내게 닿는다. 공기가 차서 온기가 충분

✦ 이수명, 《내가 없는 쓰기》, 난다, 2023, 31쪽.

162

히 전달되지 않는다. 더 많은 햇빛과 더 많은 따스함을 주소서. 사람들은 어깨를 말고 걸어가고, 건물 그림자는 길어졌다. 댄스학과 건물인 헬시Helsey에 가니 졸린 눈의 소피아가 로비에서 엘런과 나를 기다리고 있었다. 곧 엘런이 도착해서 함께 무용실로 갔다.

댄스학과에서 안무로 만들 시와 소설을 모집한다기에, 소제가 번역해준 〈방한 나무〉라는 시를 투고했는데 운좋게 함께 작업하게 되었다. (이 시는 온기가 사라진 세상에서 열을 내는 존재가 오직 나무뿐이라는 설정에 기반한다. 그래서 사람들은 몸을 녹이기 위해 나무를 껴안는다.) 며칠 전, 작품이 당선된 작가들과 댄서들이 모여 피자를 먹으며 인사를 나누는 시간을 가졌는데, 제대로 이야기를 나누지 못해서 따로 만나기로 했다. 아이오와에 와서 댄스학과 무용실에 오게 될 줄이야. 한쪽 벽면이 통거울이어서 내가 나를 보지 않을 수 없는 구조. 주기적으로 나를 보는 일은 정신건강에 이로울까, 해로울까.

엘런과 소피아는 바닥에 가방을 내던지고 앉아 노트북을 켰다. 무대를 구상하기 전에 내 이야기를 듣고 싶단다. 사실, 내가 무슨 도움이 될까 싶었다. 엘런은 나더러 방한 나무가 어떻게 생겼는지 물었다. 사실 생각해본 적이 없다. 그리고 그런 나 자신에게 놀랐다. 예전에도 이런 일

163

이 있었다. 내 등단작 〈막판이 된다는 것〉에는 후박 나무가 나온다. 한 독자가 후박 나무가 어떻게 생겼냐고 물었는데, 그제야 찾아봤다. 손바닥 같은 넓적한 잎사귀가 달린 나무로 묘사해놨는데, 침엽수림이면 큰일인데? 걱정하면서.

나는 방한 나무의 생김새를 즉석에서 지어냈다. 마침 매일 나무 길을 걸으며 나무 몇 그루를 관찰했기에 그때 본 나무들(평생 내가 알고 지낸 나무는 이게 전부다)을 묘사했다. "어떤 나무는 핫도그처럼 땅바닥에 그냥 꽂혀 있어. 신이 잠깐 바닥에 꽂아두었다가 나중에 먹으려고 그러는 것처럼. 어떤 나무는 바람이 불지 않아도 흔들릴 것처럼 서 있어. 나무가 아니라 나뭇가지가 꽂혀 있는 느낌이야. 너무 얇아서 희미한 바람이 불어도 방향을 틀고 이리저리 흔들리지. 하지만 가장 꼿꼿해 보여. 어떤 나무는 치마를 질질 끌고 다니는 것 같아, 밤에 드레스를 입고 사라져도 감쪽같을걸!" 아무 말이나 지껄였는데 생각해보니 내가 말한 나무들은 포옹하기에 좋은 나무가 아닌 것 같았고, 그래서 방한 나무는 사실 포옹할 수 없는 나무라고 거짓말했다. 그리고 둘레가 너무 커서 포옹할 수 없는 나무도 방한 나무라고 덧붙였다. 나를 껴안고 있다고 착각하게 만드는 그런 나무를 상상했다고.

나는 사람들이 내 시를 이해하기를 바라는 걸까, 바라지 않는 걸까?

게다가 시가 기억나지 않아서 그들에게 선물한 소책자를 다시 읽으며 한 문장 한 문장 곱씹어 보았다. 소피아는 '우주의 시간으로 보면 나는 존재했던 시간보다 존재하지 않았던 시간이 더 길었으니 내가 없을 때 더 나다운 게 아닐까?'라는 문장이 인상적이었단다. 방 한 나무는 한 번에 쭉 쓴 시이지만 그 문장만은 다른 데서 날아왔다. 아마 시작 노트 한구석에 적혀 있었거나 휴대폰 메모장에 적어둔 것이었겠지. 시를 쓰고 나서 작은 빈칸이 생길 때가 있다. 칸만 맞으면 다양한 퍼즐을 끼워 넣을 수 있다. 교체 가능한 그 빈칸은 개연성이나 조화, 인과성에 제약을 받지 않아서, 아무 퍼즐이나 끼우면 된다. 나중에 부품을 갈아 끼울 때의 쾌감. 소피아가 언급한 문장은 '나는 오늘부터 정신을 차리기로 한다'라는 문장으로 갈아 끼워도 무관하다.

이 정도면 충분하지 않나 싶었는데 엘런과 소피아는 한 줄 한 줄 더 자세하게 설명해주기를 바랐다. 그래서 생각나는 대로 지껄였다. "죽으러 가는 사람도 힘을 내야 해서 방 한 나무를 포옹해. 그 사람이 죽기 전에 마지막으로 한 행위가 포옹이었던 거지. 그게 그 사람에게는 아무 의미가 없겠지만, 그 세상을 지어낸 나에게는 중요하거든. 방한 나무는 특성상 내부에서는 살 수 없어서 길가에서만 자라. 그리고 방한 나무를 집에서는 키울 수 없어. 그래서 온기가 필요한 사람은 집 밖으로 나가야 해. 방한 나무는 사람들을 집에서 끄집어 내." 그러자 엘런이 물었다. "방한 나무가 사람을 따뜻하게 해주면 사람도 그 나무를 따뜻하게 해줘?" 생각해본 적이 없어서 잠깐 고민하다가 "인간은 나무를 따뜻하게 못 해"라고 답하고서(지어내고서) 나의 비정함에 놀랐다. "그럼, 결미는 어떻게 쓴 거야? 허공을 향해 떨어지는 존재들을 보고 있는 방한 나무." 소피아가 물었다. "당시에 과학 책을 읽고 있었어. 중력에 관한 챕터였는데, 지구가 갑자기 자전을 멈추면 중력에 문제가 생겨서 존재들이 허공을 향해 추락한대. 그런데 나무는 뿌리가 있으니까 혼자 하늘로 떨어지지 않겠지? 그들은 허공으로 떨어지는 존재들을 보고 있을 거야. 그들의 눈에는 그게 거꾸로 내리는 비처럼 보일 것 같다고 생각했어." 나는 대강 지어냈다. 내가 내 시에 관해서 설명하는 유일한 방법은 지어내기다. 지어내는 게 아니라면 어떻게 시에 대해 설명하지? 시를 설명하기란 너무나도 귀찮고, 무엇보다 할 말이 없다. 할 말이 없는데 어떻게 그 시간을 때울 것인가? 거짓말하는 수밖에….

신기한 건, 시를 영어로 설명할 때 말이 술술 나온다는 거였다. 한국어로 설명할 때는 할 말이 하나도 없는데, 갑자기 나는 달변가가 되었다. 그렇게 내 시에 대해 계속 지어낼 수 있다면 영어가 빨리 늘 것 같다.

엘런(도 댄서인데)은 연출을 맡고, 소피아는 안무를 담당하기로 했단다. 엘런은 무대 배경으로 사용할 영상을 그래픽으로 만드는 중이라며 샘플 영상을 보여주었다. 예전에 찍어둔 나무의 색을 보정해 서슬 푸른 겨울나무로 만들었는데 그 나무가 방한 나무여도 좋겠다는 생각이 들었다.

그들은 구글에서 나무 이미지를 더 찾아보며, "이런 나무는 어때?" "이런 나무는 어때?" 하고 내게 물어보았고, 난 상관없어서 그것도 좋고 이것도 좋다고 답했다. 알고 보니 소피아의 이중 전공이 식물학이란다. 휴대폰 앨범에는 온갖 종류의 나무 사진이 저장되어 있었다. 현미경으로 촬영한 나무의 단면부터 나무껍질 사진까지 다양했다. 그러더니 그들은 평소에 알고 지내는 나무에 대해 떠들기 시작했다. 소피아는 집 앞에 가시를 숨기고 있는 나무가 있단다. 멀리서 보면 평범한 나무인데 가까이서 보면 손가락만 한 가시를 숨기고 있단다. 날 안으면 죽여버리겠다고 말하는 나무. 엘런도 나무에 관한 이야기를 많이 했는데 '사람들은 나무를 많이 알고 지내는구나' 싶었다. 한국에 가서도 나무 관찰하기를 이어갈 수 있을까?

이 시간이 안무를 짜고 무대를 구상하는 데 도움이 될까 싶지만, 그들은 만족한 듯 보였다. 소피아가 안무를 조금 보여주었고, 엘런과 함께 그 안무를 배웠다. 여기 와서 좋은 점은 사람들이 쓸데없는 일을 많이 한다는 거다. 나는 안무를 배울 필요가 없는데 배우고, 나무에 대해 그렇게까지 설명하지 않아도 되는데 그냥 한다. 그게 별 의미가 없어도. 열심히 하려고 그러는 것도 아니다. 시간이 남아돌아서 모든 걸 해낸다. 시간에 대한 친절함, 호의 같은 걸까. 시간에게 시간을 베풀기. 덕분에 방한 나무 안무를 나도 익히게 되었다.

종이와 나

아이오와에 와서 처음으로 긴 낮잠을 잤다. 일어나니 저녁을 먹을 시간이다. 스케줄 표에 식료품 쇼핑과 올드 브릭 포틀럭 파티가 있었지만 전부 빼먹었다. 코토미와 에바에게 문자를 보내니, 올드 캐피톨 몰에서 양지 쌀국수를 먹고 있다고 해서 합류했다. 끼니를 해결하고 아시안 마트에서 우동과 컵라면을 사서 귀가했다. 오늘은 방이 덜 추운데 내가 아파서 열이 나기 때문인지도 모른다. 침대에 배를 깔고 누워 일기를 쓰고 코토미의 소설 영역본《솔로 댄스》를 읽는다. 요즘 영어 책 읽기에 푹 빠졌다. 읽는 속도는 더디지만, 껌을 씹듯 단어 하나하나 잘근잘근 씹으며 읽는 재미가 있다.

미국에서는 쉽게 필기구를 구하지 못할 것이라는 나의 선입견(미국에서는 생필품을 사려면 차를 타고 나가야 한다고 세뇌된 나) 때문에 한국에서 종이와 연필을 대량으로 챙겨왔는데, 다운타운에서 모두 손쉽게 구할 수 있었다. 미국에서 파는 대부분의 노트는 갱지를 사용하며 내지가 아주 얇다. 찢어지기에 좋고 한없이 가벼운 종이들. 종이에 잉크가 흡수될 때는 풀숲의 물웅덩이에서 목을 축이는 작은 동물이 연상된다.

그룹 채팅방 알람을 꺼두어서 매번 소식에 느리다. 에바와 코토미는 나더러 채팅방을 좀 확인하란다. 그래서 채팅방을 일독했다. 타미가 전자레인지 커버를 주문하고 싶은데 너비를 아는 사람이 있냐고 물어보던 참이었고, 카르멘이 전자레인지의 폭을 자로 재서 사진을 보냈다. 이 사람, 왜 자를 가지고 있는 거지? 수상하다!

흐린 날의 인형극사 그리고 골목 담배

햇볕을 쐬고 싶어서 일찍 일어났다. 블라인드를 올리면 탁 트인 들판과 키 작은 관목 그리고 커다란 단풍나무가 한눈에 들어온다. 날이 흐린데도 방 깊숙이 빛이 스며들었다. 새 방에도 TV가 있지만 낡은 목재 수납장에 보관되어 있다. 외부에서 TV가 보이지 않으니 덜 위협적이다. 이전 방에 비해 침대 높이가 낮아서 더 편하고, 화장실은 작지만, 샤워할 때 덜 추워서 좋다. 조식 룸에서 오렌지 한 알과 구운 빵 그리고 치즈를 가져와 간단하게 아침 식사를 했다.

어젯밤에 자기 전에 읽던 최승자의 《어떤 나무들은》에 언급된 폴 오스터라는 작가가 궁금해서 프레리 라이츠 서점에 들렀다. 서점 주인에게 《굶기의 예술》이라는 책을 문의하니, 90년대식 컴퓨터 앞으로 간다. 자판을 두

드리더니 서점에 그 책이 없단다. "We don't carry that book." 그 말이 어딘가 웃겼다. 우리는 책을 들고 있지 않다. 그럼 바닥에 책을 떨어뜨렸다는 건가? 그리고 원래 서점에서 책을 들고 있나? 나의 머릿속에는 점원들이 두 손에 책을 받들고 기둥처럼 나란히 서 있는 이미지가 재생된다. 손님들은 펼쳐진 책을 구경하며 서점을 거닐고, 마음에 드는 책을 발견하면 점원의 손에서 가져간다. 여기서 나는 한 가지 설정을 추가한다. 책을 들고 있는 점원들은 한 발로 서 있어야 한다. 왜? 그래야 책이 흔들리니까. 책이 왜 흔들려야 하는데? 그래야 책이 오래 사니까. 이런 대화가 담긴 시를 영어로 끄적였다. 아니, 메모라고 해야겠다.

서점 주인은 폴 오스터의 다른 책이 두 권 있다며 서가에서 찾아주었다. 심사숙고하며 해리의 지팡이를 고르는 올리밴더의 손처럼 서점 주인의 손은 섬세했다. 그는 책을 꺼내는 대신 책의 3분의 1만 잡아당겨 위치를 확인시켜주었다. 삐쭉 튀어나온 책을 만지지 않고 책등만 보고 한 권을 고른 뒤 나머지 한 권은 도로 밀어 넣었다. 'City of Glass'라는 제목의 책이었다. 주인은 갈색 봉지에 책을 담아 주었다. 봉투 때문에 바게트 빵을 산 기분이 들었다.

서점에서 나와 모퉁이를 도는데 인형극사가 있었다. 얼굴을 하얗게 분칠한 인형극사. 입술 라인을 벗어난 립스틱 때문에 멀리서도 입술이 도드라져 보였다. 은색 종이 달린 피에로 모자를 쓰고 화려한 금단추가 달린 조끼를 입은 그는 작은 캠핑 의자에 앉아 인형을 까딱까딱 조종하고 있었다. 공들인 분장에 비해 인형극에 열정은 느껴지지 않는다. 별다른 스토리도 대사도 없다. 게으른 인형극사는 줄담배를 피우며, 뒤집힌 모자에 동전이 담기기를 기다리지만, 그마저도 별로 관심이 없어 보인다. 줄에 달린 인형도 의욕이 없어 보이는 건 마찬가지다. '담배라도 한 개비…' 하고 중얼거리는 듯한 얼굴의 인형. 인형극이 좋은 이유는, 매달린 인형들이 하나같이 고개를 떨구고 있기 때문이다.

저 사람은 겨울이 되면 어디로 갈까.

아이오와는 겨울에 기온이 영하 30도까지 떨어진단다. 너무 추워서 다들 치를 떨던데. 아이오와 대학에서 한국어를 가르치는 상석 교수님은 겨울에 매일 기온을 체크한다고 했다. 1도라도 상승하면 아이처럼 기뻐하는 습관이 생겼다고. 도시는 겨울을 준비하듯 분주해 보인다. 구름이 많이 껴 날이 흐린데 그 모습이 마치 장롱에서 겨울 이불을 꺼내는 사람 같다. 안개 때문에 사물의 세부가 흐릿해 보이는 건 겨울의 좋은 점이지만, 그건 내가 겨울이 오기 전에 아이오와를 떠나기 때문에 할 수 있는 생각일 것이다. 남겨진 자들의 겨울은 살을 에는 추위일 뿐. 흐린 날의 인형극사 그리고 골목길의 담배 연기. 인형극사는 인형으로 극을 만들고 이야기를 짓는 사람이 아니라 사실 인형을 자랑하는 사람인지도 몰라. 자바 하우스에 들렀다가 우크라이나 작가 이야의 패널 디스커션을 보러 갔다.

작가들은 이곳에서 글만 쓰고 온갖 낭독회와 토론회, 수업에만 참여하다가는 미쳐버릴 것이라며, 글과 무관한 경험을 해야 한다고 했다. 경험이란 뭘까. 난 왜 느지막이 일어나 자바 하우스에서 일기만 쓰는 건지. 글로 쓸 만한 재미있는 경험도 없으면서. 그리고 왜 그것으로 만족해버리는지. 사람들이 말하는 소위 경험이라는 것, 그것의 가치를 너무 과소평가했나? 기회를 스스로 놓치고 있는 건 아닐까? IWP에서 운전기사까지 붙여주면서까지 보내주는 근교 여행이랄지, 유명한 거장의 콘서트랄지, 하여간 다른 작가들이 IWP 프로그램에서 제공하는 다양한 행사에 적극적으로 참여하는 동안 나는 너무 내성적인 나날을 보내고 있는 건 아닐까? 하지만 막상 파티에 초대되면 스키퍼 본능이 발동해서 슬금슬금 발을 내빼게 된다. (오프닝 파티에서는 화장실에 숨어 1시간 동안 휴대폰만 했다.) 과연 이곳에서만 할 수 있는 경험이라는 게 있기나 할까. 글쓰기에 경험이 그렇게 중요한가? 경험. 경험. 경험. 난 아무래도 경험이라는 말을 잘 믿지 못하는 것 같다.

패널 디스커션에 참여한 뒤에는 오릿과 요가 레슨을 받으러 헬스장에 갔다. 살면서 요가를 처음 해봤는데 나하고는 영 맞지 않았다. 지루해서 주리를 틀 뻔했다. 원래 딴생각하기를 좋아하긴 하지만, 강제적으로 딴생각을 하려니 죽을 맛이었다. 오릿은 명상을 좋아하기 때문에 요가가 적성에 맞는 모양이었다. 이번에는 요가가 자기를 죽였단다. 그래서 넌 주변에 왜 이렇게 살인자가 많으냐고 한마디 했다.

날이 추워졌다. 아! 날씨에 관한 묘사는 이게 최선이다. 그래서 한국에서 배수아 작가의 책을 주문했다. 그녀의 문장은 섬세하고 감각적이며 강인하니까. 내 문장에는 없는 아름다움이다. 한국에서 가져온 책은 한 권. 최승자의 아이오와 산문집이 전부다. 배수아 작가의 책도 가져오려고 했지만, 무게 때문에 두고 올 수밖에 없었다. 대신 전자책을 구입했는데, 왜인지 안 읽게 되어 실물 책을 주문했다. 배송비만 2만 원.

　요가를 마치고 오릿, 알리, 라울과 '폴맨'에서 식사를
했다.

문틈으로 들어오는 것들

아이오와 하우스 호텔은 아주 낡고 춥다. 문틈으로 바람이 휭휭 드나드는데, 어떤 방은 그 틈이 많이 벌어져서 벌레가 들어오기도 한다. 하루는 에바의 방에 귀뚜라미가 들어왔다. "방에 한기가 도는 것도 그 틈 때문이야. 찬 공기가 들어오거든." 에바가 캘리포니아롤 한 조각을 집으며 말했다. 그러자 야스히로가 실눈을 뜨며 말했다. "그게 전망 있는 방의 대가군." 그 빈 공간으로 많은 것들이 오고 간다. 귀뚜라미, 찬바람, 목소리, 그리고 엽서까지도. 작가들과 간단히 저녁을 먹고 숙소로 돌아와 일찍 침대에 누웠다. 요즘 자기 전에 영어책을 읽는데, 휴 로프팅의 《닥터 돌리틀》에 푹 빠졌다. 닥터 돌리틀은 온갖 동물의 언어를 구사할 줄 알고 동물들에게 인간의 언어를 알려준다. 그는 원숭이, 개, 오리, 앵무새부터 돼지, 부엉이까지 다양한 동물들과 어울려 살며 그들의 언어를 연구한다. 그런 돌리틀을 동경하는 소년 토미 스투빈스는 앵무새 폴리네시아에게 새의 언어를 알려달라고 조른다. 새는 소년에게 이런 이야기를 들려준다.

"네 말마따나 나는 돌리틀 박사에게 새의 언어를 가르쳐줬어. 하지만 그건 돌리틀이 내게 언어가 무엇인지 알려주었기 때문에 가능했어. 돌리틀을 만나기 전에도 난 사람의 언어를 사용했어. 하지만 의미는 이해하지 못했지. 뜻도 모르면서 소리만 낸 거야. 돌리틀은 그 말들의 의미를 알려줬어. '배고파'가 무슨 의미인지. '살고 싶어'가 무슨 의미인지. 나의 말을 나에게 이해시켰던 거야. 그 덕분에 난 그동안 내가 무슨 말을 해왔던 것인지 알게 되었어. 그게 아니었다면 난 그에게 언어를 가르쳐주지 못했을 거야. 난 달라진 거야. 난 비로소 말을 하게 되었어."✦

잠옷 차림으로 호텔 계단을 올라 오릿의 방문 아래로 엽서를 밀어 넣고 돌아왔다.

✦ 비슷한 내용이지만 대사는 지어냈다. 번역을 하다가 그렇게 되어버렸다….

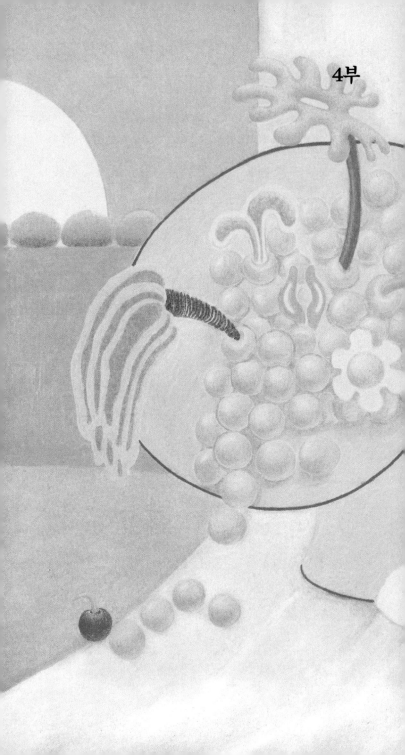

4부

매일 신앙

'wake'에는 배가 지나간 흔적이라는 의미가 있다.
물에 남긴 흔적. 잔물결. 물을 일깨우기 때문?

돌아가고 싶지 않아.

이제 친구들은 이 말을 한국어로도 이해한다. 오늘
은 스탠리 뮤지엄 앞에서 단체 사진을 찍었다. 그리고 함
께 브런치 가게에 갔다. 코토미는 목적지가 정해지면 걸어
갈지 교통편을 이용할지 빠르게 판단한다. 도보로 10분이
넘으면 재빠르게 버스를 알아본다. 나와 에바는 웬만한 거
리는 걷는 편인데 오늘은 날이 흐리고 쌀쌀하니 버스를 타
는 것도 나쁘지 않겠지. 버스 가이드 코토미를 따라 가게
에 도착했다. 나는 이 브런치 가게에 친구들을 데리고 오

고 싶었다. 오렌지 빛깔의 조명과 안락한 의자. 번잡한 다운타운과 또 다른 느낌을 준다. 코토미와 에바는 소시지, 해시브라운, 계란 등 재료를 커스텀해서 주문했고, 난 늘 그러하듯 선택할 게 없는 세트 메뉴를 골랐다. 메뉴판을 자세하게 훑는 이 친구들을 보면서, '이것이 소설가와 시인의 차이인가' 하는 생각을 했다. 내게 부족한 게 '메뉴판 보기'인가? 이들은 자료 찾기의 귀재인 데다가, 스케줄을 빠뜨리지 않으며 이 프로그램에서 일어나는 사건과 흐름을 거시적으로도 분석할 줄 안다. 하루는 번역가 제니퍼가 스코틀랜드 레지던시에 관해 언급했다. 몇 달간 낡은 성에 갇혀서 지내는 작가 레지던시인데 와이파이를 사용할 수 없단다. 코토미와 에바는 고개를 절레절레 저으며 절대 안 가겠다고 했다.

　-와이파이가 안 되면 집중도 더 잘 되고 좋지 않아?

　내가 말하자 둘은 이구동성으로 소리쳤다.

　-야, 넌 시인이잖아!

　그때 깨달았다. 소설가와 시인의 차이는 와이파이의 유무가 작업에 미치는 영향의 차이로 설명될 수 있다는 사실을. 그러니 나도 이제는 메뉴판을 자세히 보는 연습을 좀….

밥을 먹고 한번쯤 들르고 싶었던 헌티드 북숍(유령 들린 헌책방)으로 향했다. 가는 길에 바람이 많이 불었고, 친구들은 한껏 몸을 웅크렸다. 그 장면을 간직하고 싶어서 뒷모습을 사진에 담았다. 지난달에 에바는 내게 인형을 보여줬다. 헌티드 북숍에서 구했다는, 날개 달린 새끼 돼지 인형 두 개였다. 당연히 내게 하나를 주는 줄 알고 손을 뻗었는데 아니었다. 이들은 반드시 함께 있어야 한단다. 코 부근에 미니 자석이 내장되어 있어서, 두 돼지를 가까이 가져가면 얼굴이 딱 달라붙는다. 뽀뽀하는 새끼 돼지 인형이라니. 에바와 나는 귀여운 것에 환장한다. 아이오와에 온 첫 주, 식료품 쇼핑을 하던 날 에바와 나는 1달러짜리 주황색 오리 인형을 샀다. 길을 걷다가 강아지를 만나면 에바와 나는 족히 20분은 그곳에서 머문다. 에바의 방은 예상대로 인형 천지고 안온하며 따뜻하다. 책상에는 옥수수 닭죽을 끓일 거대한 전자 밥솥이 놓여 있고, 벽은 미니 전구로 반짝인다. 침대에는 시카고에서 산 쥐 인형 프레드릭과 어디서 났는지 모르겠는 붉은 담요가 잘 개어져 있고, 테이블에는 글쓰기를 할 때 필요한 영국 치즈와 비상용 초콜릿, 비스킷, 그리고 각종 젤리가 잔뜩 구비되어 있으며, 아름다운 주황빛 스탠드가 크리스마스 분위기를 자아낸다. 반면 코토미의 방은 회색빛이며, 장식품이라고는 하나도 찾아볼 수 없다. 모두 실용적인 사물들이다. 어느 날, 코토미와 에바는 걷다가 잔디밭에 뿌려진 얼음들을 봤다. 에바는 그 장면을 보고 "잔디에서 얼음이 자라!"라고 말했단다. 그러자 코토미는 학생들이 버린 얼음이라고 설명했고, 에바는 그건 자기도 안다고 답했다. 그 일화를 듣고 난 웃었다.

에바와 나는 종종 이상한 대화를 나눈다. 가랑비가 내리던 날이었다.

-미국인들은 왜 우산을 안 쓰는 거지?

내가 물었다.

-워터푸르프인 듯.

-ㅋㅋㅋㅋㅋ.

-우리도일걸? 아니면 목욕할 때 몸이 부풀어야 하는데 안 그러잖아.

-그럼 우산은 왜 쓰는데?

-안 젖기 위해서가 아니었던 거지.

-우리가 우산을 쓰는 것에는 더 깊은 의미가 있어.

귀여운 것을 곁에 많이 두는 것만이 세상에 삐진 우리 자신을 다독일 수 있다.

최승자 시인의 산문집에서도 언급된 걸 보니, 헌티드 북숍은 족히 30년도 더 된 모양이다. 영업 중인지는 문을 두드려봐야 안다. (언제나 잠겨 있다.) 돌계단을 올라 문을 세 번 두드린다. 그리고 기다린다. (핼러윈 사탕을 기대하는 아이가 된 기분이다.) 조금 뒤 기척이 들렸다. 날렵한 안경을 쓴, 앙상하게 마른 서적상이 문을 빼꼼 열고 내다보더니 잠시 기다리란다. 조금 뒤, 낡은 갈색 바구니를 쑥 내민다. 사탕이 아니라 마스크다. 웃음기 없는 금발의 서적상은 어딘가 깐깐하고 쌀쌀맞아 보였다.

좁은 복도를 가운데 두고 양쪽으로 서가가 이어져 있는 작은 헌책방이었다. 진귀한 서적으로 가득한데, 책만큼 인형도 많다. 인형은 책과 책 사이, 책장 꼭대기, 조명 갓과 창가에 앉아 있고, 몇몇은 천장에 단체로 주렁주렁 매달려 있다. 1층에 있는 인형만 족히 500개는 넘을 것 같다. 전염병 때문에 마스크를 나눠줬다고 생각했는데, 비염 방지용일 수도? 코토미는 서가를 둘러보느라 사라졌고, 에바는 안락의자에 앉아 고양이들의 행복에 복무하다가 온몸을 긁히고, 옷이 뜯겼다. 나는 서가를 뒤져 새끼 돼지 인형을 하나 찾았지만, 짝이 보이지 않았다. 낙담하고 있으니 에바가 같이 찾아주겠다며, 코트에 붙은 고양이털을 떼고는 의자에서 일어났다.

-Moon! Here!

에바가 카운터의 조명 스위치를 가리켰다. 돼지 인형은 스위치를 감싸는 작은 철제 케이스 바닥에 박쥐처럼 매달려 있었다. 환희에 차서 카운터로 가져갔는데 에바가 그 둘이 영혼의 짝인지 확인해보란다. 자성이 같을 수도 있고. 그건 생각하지 못했다. 돼지 인형을 가까이 대보니 서로를 강력하게 밀어냈다. 뽀뽀를 거절한 것. (대충격.)

서적상에게 물어보니, 귀찮다는 듯이 서재로 갔다가, 꿀꿀거리며 새끼 돼지 세 마리를 데리고 나타났다.

-서로를 좋아하는지 확인해봐야 해(Make sure they like each other).

서적상이 말했다.

그중 서로를 좋아하는 한 쌍이 있었다.

만나는 사람들에게 돼지 인형을 자랑했다. 너무 자랑을 많이 해서 낮잠을 자야 했고 느지막이 일어나 저녁으로 당근 수프를 먹었다. 다음 날, 나는 삼총사와 스탠리 뮤지엄에서 찍은 사진을 인스타그램에 올리며 한국어로 '매일 신나'라고 썼는데, 그걸 코토미가 한국어로 연습해서 "매일 신나"라고 말했다. 뭐라고? 뭐, 매일 신앙? 알아듣지 못하자 마침 옆에 앉아있던 몽 씨가 '매일 신나'라고 번역해줬다. 매일 신나와 매일 신앙은 같은 말이긴 하지만. of course.

내가 두 명이 될 가능성

　　오늘 국제 문학 수업 시간에는 여느 때처럼 오릿과 나란히 앉아서 딴짓을 했다. 영문과 학부생들은 IWP 작가들의 글을 읽은 뒤 서면으로 질문거리를 제출하고, 해당 작가는 강의를 하는 식인데, 조교들이 자꾸 내게도 과제를 제출하라고 한다. 과제를 안 했다고 하면, 정당한 사유를 요구하고, 그걸 본 작가들은 낄낄댄다. 그제야 '너 설마 작가…?' 하고 의심스럽게 쳐다보다가 사과한다. 프로그램 첫 주에는 어떤 작가가 나를 미성년자로 착각하고는 스태프에게 틴에이저도 프로그램에 참여할 수 있냐고 물어봤다. 내 생각에 서양인들은 동양인의 나이를 가늠하지 못하는 것 같다.

　　오늘은 코토미가 강연을 맡았다. 오릿이 코토미의 강연을 듣다가 노트 귀퉁이를 찢어서 내게 전달했다.

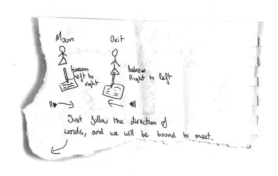

한국어는 왼쪽에서 오른쪽으로.

히브리어는 오른쪽에서 왼쪽으로.

각자 단어의 방향을 따라가면 우리는 만나게 되어 있다.

뒷장에는 코토미를 그려놨다.

그런데 하늘에서 난데없이 일본 소녀가 떨어진다면?

(일본어는 하늘에서 땅으로 쓴다.)

어이쿠, 피하자!

코토미의 프레젠테이션은 '죽을 사' 자에 관한 이야기였다. 죽으려는 시도로 인해 역으로 생명을 연장하게 되었다는 이야기. 오릿은 또 엄청나게 감명을 받은 모양이었다.

이어서 긴 시에 관한 논의가 이루어졌다. 낭독회 때 시인들은 '제 시는 길지 않습니다…. 겁먹지 마십시오' 이런 이야기를 왕왕 하곤 한다. 번역가 친구인 잭 정의 도움으로 영문학을 공부할 때 필수적으로 읽어야 하는 작품들을 소개받았는데 그중에 제임스 스카일러의 시 〈삶의 찬가〉가 있었다. 아주 긴 시였다. 솔직히 멀미를 할 것 같았다. 방대한 자연 묘사와 쏟아지는 말들…. 그런데 그는 마지막 문장으로 만회한다. 'What are the questions you wish to ask?(그래서 더 질문할 게 뭔데?)' 제임스 라이트의 시 〈미네소타 파인 아일랜드의 윌리엄 더피 농장 해먹에 누워〉 역시 마찬가지. 종결부로 모든 빚을 청산한다. 낡고 아름다운 풍경을 건조하게 묘사한 뒤에 덧붙인 마지막 문장. 'I've wasted my life(난 인생을 낭비했습니다).' 그 결미에 압도되었다. 이런 시를 뭐라고 부르지? 병 주고 약 주는 시? 반대로 첫 행이 가장 좋은 시는 약 주고 병 주는 시인가? 여하간 그 종결부로 화가 좀 풀렸나 하면 그건 또 아니다. 하지만 이 시를 여전히 기억하고 있다는 점에서 그들은 부분적으로 성공한 셈이다. 긴 시를 다 읽어낸 뒤 우리에게 남은 것은 그 시와 부대낀 시간인지도 모른다. 학창 시절, 딱히 영혼의 교감이 없던 친구도 단지 그 시간을 함께 보냈다는 사실만으로 공유하게 되는 애틋함이 있는데 긴 시 역시 그런 감각을 공유한다. 시를 읽는 동안 상처에 고름이 차오르고 딱지가 진다. 그리고 딱지가 똑 떼어진다. 마지막 문장은 종종 그런 쾌감을 준다.

이런 이야기를 잭 정과 나누었는데, 그는 긴 시의 좋은 점은 손바닥을 뒤집을 시간이 주어진다는 점이 아니겠느냐고 말했다. 충분한 시간으로 인해 앞에서 한 말을 번복할 기회가 생긴다는 뜻이었다. 신박한 해석이다. 하기야 시가 짧으면 모순이 쉽게 탄로 나지만, 길면 앞에서 한 말을 번복해도 독자도, 작가도 모르고 넘어갈 수 있다….

신기하게도 내 시를 영어로 번역하는 건 상상이 되지 않지만, 영어로 시를 쓰는 내 모습은 머릿속으로 그릴 수 있고 또 영어로 시를 쓰는 일에 재미를 느끼고 있다. 돌아오는 길에 오릿에게 영어로 시를 쓰고 싶다고 하니 오릿은 영어는 어딘가 평평한 언어 같단다. 코토미는 일본어가 세 겹이어서 좋다고 했다. 일본어를 배우고 싶어도 히라가나, 가타카나에 온갖 한자까지 익혀야 해서 엄두가 나질 않는데 관점에 따라 그것은 일본어를 풍성하게 만드는 요소일 수 있겠다. 오릿의 말마따나 내가 느끼기에 영어는 좀 라이트하다. 그래서 난 영어로 말할 때 목소리의 톤이 올라간다. 그 말을 하니 오릿이 한국어를 해보란다. "안녕하세요, 최선을 다하십쇼"라고 말하니 나의 완연한 저음에 놀랐다. 다른 사람 같다고. 난 그 점이 좋다. 내가 두 개의 성격, 두 개의 기분을 지닐 수 있다는 점에 감사함을 느낀다. 그러니, 내가 두 명이 될 수 있는 가능성을 알아버렸는데 어떻게 과거로 돌아가겠는가?

타깃에 들러 맥앤치즈를 사서 끼니를 해결했고, 늦은 새벽에는 여느 때처럼 신라면을 끓여 먹었다.

지금은 새벽 2시다. 문간에서 바스락거리는 소리가 났다. 문 아래로 종이가 들어오고 있었다. 오릿의 우편 배달 시다. 문을 여니, "마이 문!" 하고 나를 와락 껴안는다. 사탕이라는 단어를 시에 적어서 둥근 초콜릿 세 알을 엽서와 함께 가져온 것이다. 당신에 관한 일기를 쓰는 중이었다고 말하니 오릿이 또 느끼하게 윙크한다.

-See? 글을 쓰면 이루어져.

시네마테크

조식으로 치즈와 빵을 먹고 자바 하우스에서 일기를 쓴 뒤, 야시카와 코토미 그리고 데릭의 낭독회를 보러 프레리 라이츠 서점으로 향했다. 시간을 착각해서 야시카의 낭독을 놓치고 코토미 차례에 도착했는데, 야무지게 잘하고 있었다. 코토미는 글을 세 편 읽었다. 한 편은 만다린어로, 한 편은 일본어로, 한 편은 영어로. 두 편은 소설이었고 한 편은 시였다. 태어나서 시를 처음 써봤다는데 굉장했다. 제목은 '난 내일 죽을지도 몰라'였다. 낭독을 시작하기 전에 코토미는 자신의 낭독은 죽음에 관한 내용을 포함하고 있으니 도망칠 사람은 미리 떠나라고 경고했다. 그시는, 내일 죽을지도 모르니 몇 가지 당부의 말을 전하는 내용이었고, 그중 들어줄 수 있는 건 하나도 없는 그런 시였다. 약간 울컥했지만 장난기가 발동해서, 코토미의 책을 구매한 사람에게 슬금슬금 다가가 "코토미는 내일 죽을지도 모르니 오늘 사인을 받는 게 좋을걸요" 하고 조언했다. 그 뒤로도 나는 이 시를 자주 써먹었다. 닌텐도 게임을 할 때 코토미가 너무 오래 살면, '어차피 쟤는 내일 죽을지도 모른다'고 말하는 식으로….

코토미는 공식 행사에서는 아름다운 안경을 쓰고, 평소에는 안경을 쓰지 않는다. 금테에 아름답고 자잘한 무늬가 그려진, 잘 닦인 안경이다. 경주 왕릉에서 출토된 유물 같다. 언제 한번 비싼 건지 물어봐야겠다.

낭독회를 마치고 야스히로, 코토미와 학생 식당인 버지 마켓에 갔다. 입구에서 자신을 'DSL'라고 소개하면 반값 할인을 받을 수 있다는 사실을 알아낸 뒤로, 이 마법의 단어를 자주 사용한다. 그런데 아무도 DSL의 정확한 의미를 모른다. 다만 DSL이라고 하면 학생 식당을 단돈 6달러에 이용할 수 있다.

- 'Dormitary Student'를 뜻하는 게 아닐까?

코토미가 말했다.

- 아니야. DSL은 'Damnit Asshole Love'의 준말일 거야.

야스히로가 말했다.

- 오, 그럼 거짓말한 게 아니네.

저녁을 먹은 뒤 코토미는 숙소로 돌아갔고 나는 시네마테크에 참석했다. 매주 일요일 저녁에 IWP 작가들이 돌아가며 영화를 트는데, 이번 주는 부시와 리타의 차례다. 부시가 준비한 영화인 〈#우리는여기서죽고있다 #Wearedyinghere〉는 숨 막힐 정도로 도망치고 싶게 만드는 영화였다. 3초에 한 번 여성이 강간당하고 1분에 한 번씩 여성이 죽는 아프리카의 현실을 고발하는 작품으로, 세 명의 인물은 지옥 같은 공간에서 끝없이 도망치며 노래를 불렀다.

리타가 준비한 영화 〈수증기에 맺힌 인생Steam of life〉은 핀란드의 사우나에 관한 영화였다. 인물들이 사우나에서 만난 이들에게 자신의 인생사를 고백하는 내용이었다. 서두에는 한 오래된 커플이 나온다. 그들은 서로의 등에 김 나는 온수를 부어주고, 남자는 여자에게 내가 너의 등을 씻겨준 지 어언 51년이 되었다고 말한다. 그 뒤로 연인은 한 번도 나오지 않고 오직 무언가를 잃은 자들만 연달아 나온다. 이혼해서 아기를 만날 수 없게 된 이의 이야기, 쌍둥이 딸을 잃은 이의 이야기(그는 아기가 죽을 때 함께 있었던 아내를 질투하고, 그런 자신을 자책한다), 어렸을 때 알게 된 곰이 어른이 되었다며 자랑하는 사람의 이야기(그런데 그 곰은 남자의 야외 테이블을 부순다). 수많은 인간의 인생을 담고 있어서 영어 제목을 'Steam of life'로 번역했겠지만, 이 영화가 지닌 유머러스한 부분을 잘 살리지 못했다는 느낌이 들었다.

아, 간헐적으로 행복한 이야기도 나온다. 한 남자는 아내와 사랑에 빠진 순간을 이렇게 기억한다. 양말 안에서 발가락이 소심하게 꼼지락대서 사랑에 빠졌다고. 'manifold love, regiment'. 자막을 보면서 기록한 단어. 뜻을 모르지만, 찾아보지는 않았다.

잃어버린 우산을 찾기 위해 펼친 우산

코토미와 다운타운에 있는 클럽에 가기로 했다. 코토미가 새벽에 우천 소식이 있다며, 우산을 챙기라고 했다. 우리가 간 클럽은 '스튜디오13'이라는 클럽인데, 아이오와에 도착한 첫 주에 이미 많은 작가가 그 클럽을 다녀갔다. 거리는 축축하고 한산했다. 아무리 아이오와라지만, 밤 10시 이후에 나다니지 말라는 조언을 들었기 때문에 조금 무서웠다. 아름다운 분홍 레이스가 달린 원피스를 입은 코토미는 치맛자락을 날리며, 어느 으슥한 골목으로 들어갔다. 그러고는 물웅덩이를 폴짝 뛰넘은 뒤 내게 손짓한다.

-하나도 위험하지 않아.

그 물웅덩이를 넘는 코토미를 보니, 그녀가 어떻게 대만에서 일본으로 점프할 수 있었고, 친구 한 명 없는 일본에서 홀로 새 삶을 꾸려나갈 수 있었는지 짐작할 수 있을 것 같았다.

　다운타운의 클럽 스튜디오13의 첫인상을 짧게나마 기록해두고 싶다. 일요일 밤이어서 손님은 많지 않았다. 1층에는 낡은 바와 미러볼이 달린 소무대가 있고, 소수의 사람들이 드랙쇼를 구경하고 있었다. 지하는 게임바여서, 술을 마시며 미니 게임을 할 수 있다. 왜 아이오와에는 어디든 지하에 게임방이 있을까? 그런 법이라도 있는 걸까? 스튜디오13은 내가 생각했던 클럽의 이미지와 달리 단출하고 어딘가 쓸쓸했다. 코토미는 약간 실망한 것 같았다. 북적북적하고 신나는 클럽을 내게 보여주고 싶었던 모양이다.

　-일요일이라서 사람이 없나 봐.

　코토미는 귀퉁이에 우산을 세워놓고 술을 주문했다. 나는 콜라를 주문했는데 바텐더가 바 아래에서 꺼낸 푸른색 호스에서 콜라가 콸콸 쏟아져 나왔다. 무대에서는 〈바비 걸〉이 흘러나왔고, 분홍색 추리닝을 입은 금발의 드랙퀸이 노래에 맞춰 춤을 추었다. 공연을 좀 보다가 지하로 내려갔는데, 홀이 텅 비어서 눈치 보지 않고 게임을 즐길 수 있었다. 레이싱 게임, 격투 게임, 슈팅 게임 등. 쇠구슬 게임을 하는데 코토미가 장수해서 다른 게임을 하러 갔다. 코토미가 군사용 비행기를 몰고 적들을 총으로 쏴 죽이는 동안 나는 개구리와 함께 길을 건너는 게임을 했다. 출발선 앞에 선 작은 개구리는 트럭과 통나무가 난무하는 길을 걸어야 하는 부조리한 상황에 처해 있었다. 도로에는 트럭, 승용차, 택시가 달리고 있고, 개구리는 장애물과 부딪히지 않고 길을 건너야 한다. 간신히 횡단보도를 건너면 강이 시작된다. 이번에는 통나무가 빠른 속도로 떠내려 온다. 부딪히면 즉사. 내가 꾸준히 죽어서, 코토미가 와서 알려줬다. 죽지 않는 건 어떻게 하는 건지.

마지막으로는 레이싱 게임을 하는데 배경 중 하나가 제주도 서귀포였다. 원거리에 한라산이 보이고, 귤나무가 줄지어 서 있는 도로. 한국 국기가 펄럭이는 그 길을 코토미와 함께 달렸다. 아이오와 게이 바 지하 게임방에서 제주도 길 달리기. 아무래도 운전면허가 있다 보니 레이싱 게임은 쉽게 이길 수 있었다. (혹은 홈그라운드의 이점인가.)

-드디어 코토미가 못하는 것을 발견했다!

나는 이 소식을 에바에게 들려줄 것에 들뜬 채 클럽을 나섰다.

-너 이 길을 더 좋아하지?

코토미가 내가 좋아하는 나무 길을 걷자고 했다. 그 길을 걸으며 코토미와 무슨 얘기를 했더라. 한국과 일본에 대해, 그리고 우리의 삶에 대해 이야기를 나누었다. 많은 이야기를 나누었지만, 내용은 휘발되어서 기억이 나지 않는다. 호텔에 도착할 무렵에는 추적추적 비가 내리기 시작했는데 그 덕에 코토미는 바에 두고 온 우산을 기억해냈다.

-어떡하지?

-네가 우산을 잃어버릴 것을 예상하고, 나한테 우산을 챙기라고 했던 모양이야.

우리는 한 우산을 쓰고 다운타운으로 향했다. 있던 손님들마저 모두 돌아가고, 미러볼은 꺼졌다. 낡은 성, 몰락한 왕조 같은 클럽. 안경을 쓴, 마르고 야윈 동양인 남성이 테이블 의자에 걸터앉아 가녀린 목소리로 노래를 부르고 있었다. 잘 부르는 건 아니었지만 푸른빛을 받으며 노래를 부르는 모습은 까마귀가 지나간 뒷골목 같았고, 헤드윅의 어느 장면 같기도 했다. 우산을 찾은 코토미는 노래를 한 곡 부르고 싶다며 바텐더에게 곡을 신청했다. 미국에서는 한국식 노래방을 기대하면 곤란하다. 대부분은 클럽이나 식당에 노래방 기계가 설치된 작은 무대가 있고, 오픈 스테이지에서 노래를 부르는 식이다.

코토미의 선곡은 뮤지컬 〈렌트〉의 넘버인 〈What you own〉. 노래 실력은 엉망인데 우렁차고 당차서 난 웃음을 참지 못하고 따라 불렀다.

-We are living in America in the end of the millennium(우리는 미국에 살고 있다, 밀레니엄이 끝나가는 시절에).

가사를 염두에 둔 선곡은 아닐 텐데, 내 상황과 절묘하게 맞아떨어졌다. 난 그 노래를 들으면서 내가 떠나고 싶어 했다는 것을 어렴풋이 느낄 수 있었다. 자신이 사는 곳을 사랑하기란 얼마나 어려운가? 내가 한국에서 태어나지 않았다면 많은 것이 달랐을 것 같다. 언젠가 코토미가 내게 물었다. "넌 10년 뒤에 뭐 하고 있을 것 같아?" 예전 같았더라면, 지금처럼 시를 쓰고 있을 거라고 말했을 것이다. 그런데 이제 나는 이 질문에 간단한 대답을 내놓지 못하게 되었다. 시는 쓰고 있겠지만 한국에 있을지는 잘 모르겠다. 어쩌면 넌 나를 아주 다른 곳에서 찾게 될 수도 있어.

-나도 떠날지도 몰라, 너처럼.

나는 코토미에게 말했다. 그리고 나도 노래를 부르고 싶었다. 아서가 기타로 연주해주었던 곡인 ⟨imagine⟩을 불렀다. 다 부른 뒤에 동양인 남성에게 마이크를 건네주고 클럽을 나섰다. 여전히 비가 내리고 있었다.

어느 새벽 클럽의 어렴풋한 불빛. 최소한의 불빛과 노래방 기계에서 흘러나오는 빛만으로 살아갈 수 있으리. 살면서 많은 빛이 필요한 건 아니리. 어쩌면 빛 없이도 살 수 있으리. 다른 존재와 부딪히면 즉사하는 작은 개구리. 나의 개구리는 아주 소심하게 길을 건넜지. 극단적으로 소심해지는 것도 길을 건너는 한 방법이 될 수 있다고 믿고 싶다.

돌아올 때는 각자 우산을 쓰고 따로 걸었다.

장갑 이야기

아이오와 작가 레지던시에 관해 알게 된 건 최정례 시인을 통해서였다. 생전에 아이오와를 다녀왔던 이야기를 종종 하셨으니까. 그래서 막연히 언젠가 그곳에 가고 싶다는 생각을 했었다. 그러나 어디에서 지원할 수 있는지, 언제 모집 공고를 내는지 등 알아볼 생각은 해보지 못했는데, 어느 날 수양 언니와 함께 작업하던 중, 우연히 모집 공고를 본 언니가 내게 링크를 공유해주었다. 마감일자는 다음 날 오후까지였다. 홀리 쉿! 부랴부랴 서류를 써서 보냈다. 몇 달 뒤, 선정되었다는 연락을 받았을 때 최정례 시인이 떠올랐다. 살아계셨다면 가장 먼저 연락을 드리지 않았을까. 그리고 왜 최승자 시인처럼 아이오와 산문집을 내지 않았냐고 사소하게 따졌을 테지.

어느 날이었던가. 최정례 시인이 작고하시고 오랫동

안 잊고 살았는데, 그의 생일이라는 휴대폰 알림이 떴다. 프로필을 눌러보았는데 마지막 상태 메시지가 '해킹 문제가 해결되었습니다. 이제 메일 및 메시지를 주고받을 수 있습니다'였다. 그 문장을 곱씹었다. 생전에는 연락이 안 되다가 죽은 이후에야 연락이 원활해지는 아이러니. 프로필 옆에 있는 '선물하기' 버튼을 누르면 선물을 보낼 수 있는데 죽은 시인의 위시리스트는 비어 있다. 대신 인기 생일 선물 목록에는 이런 것들이 있다.

'케이크, 향수, 화장품, 비타민, 홍삼, 캔들, 무드 등, 꽃, 도서, 주얼리.'

이런 것도 있다.

'발뒤꿈치 각질 제거기. 굳은살을 깨끗하게 제거합니다.'

저게 좋겠다. 각질 제거기를 사서 그에게 보내야지. 그의 굳은살을 위하여. 그런 생각을 했었다. 만약 이 일기를 그가 볼 수 있다면 그는 '각질 제거기가 시다'라고 말했을 것이다. 그녀는 언제나 그런 것들을 시라고 말해왔다. 그의 시에는 '한 짝'이라는 시가 있다. 장갑 한 짝을 잃어버렸다는 내용이다. 그게 다다. 그리고 '그게 다야'라고 말할 법한 것들을 그는 시로 썼다.

그의 부음 소식을 들은 날은 추운 겨울날이었다. 소

식을 들고 버스를 탔는데 버스에 장갑 한 짝을 두고 내렸다. 어쩌면 버스를 타기 전에 잃어버린 것일 수도 있고, 버스에서 내린 뒤에 잃어버린 것일 수도 있지만, 어디에서 잃어버렸든 돌아갈 수 없었다. 장갑을 한 손에만 낄 수도 없고 그렇다고 버릴 수도 없어 난감해하던 차에, 장갑에 관한 그의 시가 떠올랐다. 왜 하필 그가 떠난 날에 장갑을 잃어버렸을까. 내게 그 장갑 한 짝을 달라는 건가? 말도 안 되는 상상을 하며 그를 보러 갔다. 말도 안 되는 상상을 내게 가르쳐준 것 또한 그이고, 때론 말도 안 되는 상상이 삶을 위로하기도 한다. 꽃다발 뒤에 장갑 한 짝을 끼워 그의 영정 사진 앞에 두고 돌아왔었지.

나의 웅크림은 보상받는다

낮에는 노엘과 점심을 먹었다. 노엘은 오늘도 사슴을 보기 위해 새벽 5시에 일어나 들판을 걸었고, 나는 새벽 5시까지 잠이 오지 않아 들판을 걸었다. 해가 뜨지 않았지만 들판은 희미하게 빛나고 있었고 옅은 안개가 지표면을 덮고 있었다. 한번은 걷다가 하울의 성처럼 생긴 구조물을 목격했다. 구조물은 강 건너편에 있었고 아주 오랫동안 그 자리를 지킨 것 같았다. 노엘은 그 건물이 낡은 극장이랬다. 허허벌판에 다 쓰러져가는, 천장이 날아간 극장. 들판에 엎드려 숨 쉬는 커다란 짐승 같기도 하고 상상의 동물 같기도 해서 한참 쳐다보았다. 노엘은 그 극장에서 〈올드 타운〉이라는 연극이 공연되고 있으니 보러 가라고 했다. 한 가족의 일대기를 다룬 연극인데, 극장에 천장이 없으니 밤이 오면 무대에 어둠이 깔린다고 했다.

들판은 광활하다. 그래서 끝까지 가보고 싶지 않다. 끝까지 가지만 않으면, 끝을 보지만 않으면 끝이 없을 것 같다.

점심에는 노엘과 다시 만나 '소세키'에서 덮밥을 먹으며 곧 철거되는 아이오와 하우스 호텔에 관해 얘기를 나누었다. 이듬해 오는 작가들이 다운타운의 멋진 호텔에 묵는다는 소식에 작가들은 귀여운 분통을 터뜨렸다. 안 그래도 가로막힌 전망 탓에 불만이 한 가득이고, 에어컨이나 난방기는 수시로 고장 나기 일쑤니까. 몇 명이 탈출을 기획했지만, 번번이 실패하고는 내게 물었다.

-탈출의 비결은 무엇인가요?

-긴 글을 쓰세요.

나는 조언한다. 이 낡은 호텔이 사라진다니 아쉽다. 노엘은 보여줄 것이 있다며 나를 데리고 어느 건물로 들어갔다. 근사한 호텔이었다. 시카고에서 묵었던 호텔보다 넓고 화려했다. 멀끔하게 차려입은 직원들은 고객을 맞이하느라 분주했고 손님들의 캐리어를 아치형 수하물 카트에 옮겨 싣고 있었다. 바닥은 광택이 나는 대리석인 데다, 천장에 달린 샹들리에는 어지럽게 빛을 반사했다. 구석에는 편안한 벨벳 소파와 암체어가 비치되어 손님들이 휴식을 취할 수 있었다. 실내식물은 직원들의 섬세한 관리를 받아

생기가 돌았고 고풍스러운 벽화와 조화를 이루고 있었다. 따뜻하고 분주한 호텔이었다.

-아이오와 시티에 이런 호텔이 있어?

-내년에 오는 작가들이 묵을 호텔이야.

노엘이 말했다.

-오 마이 갓.

노엘은 여러 번 이곳을 들락거렸는지, 구석구석을 꿰고 있었다. 그러더니 푹신한 소파에 앉아 사진을 찍자고 했다.

-왜?

-얼른 찍어. 내년 이맘쯤에 인스타그램에 올리는 거야. 2024년 IWP 작가인 척하면서.

-천잰데?

나는 사진을 찍고서 아이오와 하우스 호텔에 미세한 죄책감을 느꼈다.

-그런데 난 낡은 아이오와 하우스 호텔이 좋아.

-왜?

-모르겠어.

-하긴, 아이오와강과 들판이 가까운 건 장점이지. 중심가와도 거리가 있어서 조용하고. 철거된다니 아쉽긴 해.

-언젠가 아이오와에 다시 오고 싶어. 다시 와서 모든 게 사라진 그곳을 다시 보고 싶어(I want to comeback someday and see nothing is there).✦

-너 아이오와를 왜 그렇게 좋아하는 거야?

모르겠다. 시카고에서는 별 감흥이 없었으니 내가 미국을 좋아하는 건 아닌 것 같다. 총기 소지가 합법인 것도 그렇고, 인종 차별 문제나 소수자와 이민자 정책 등을 고려하면 말이다. 다만, 미국의 아주 작은 모서리를 좋아할 뿐.

아이오와. 모든 음절에 'ㅇ'이 들어 있어서 좋다. 아이오와. 무해하게 느껴지는 이름이다. 언젠가 몽 씨는 내게 말했다.

-시인님, 아이오와 광인 같아요….

나는 왜 편안함을 느끼는 걸까? 글쎄. 사실 난 줏대 없는 인간이다. 거절에 약하고, 갈등이나 싸움의 조짐이 보이면 회피하거나 도망가는 쪽을 택한다. 아마 내 영혼의 많은 부분은 외면에 할애되어 있을 것이다. 누가 뭐라 하면 일단 사과하고 나중에 따져본다. 조금 손해 보더라도 갈등을 일으키지 않기. 내게는 지는 쪽이, 친절한 편이, 거

✦ 눈치 챈 독자도 있겠지만, 이 책의 영어 번역은 대부분 엉터리다.

절하지 않는 편이, 웅크리는 편이 편한데, 그게 삶에 꼭 도움이 되는 건 아닌 것 같다. 그래서 한국에서의 나는 조금 더 강해져야 한다고 다짐한다. 하지만 이곳에서 나는 강해지는 것 외의 다른 선택지가 있다는 걸 안다. 어떤 따뜻한 곳에서는 내가 변할 필요가 없다는 것을, 호구처럼 살아도 된다는 걸 안다. 아이오와에서도 똑같이 움츠려 있지만, 나의 웅크림은 보상받는다. 사람들은 호의를 알아차리고 보답한다. 며칠 전에 타로를 봤다. 이번 달에 당신은 너무 많은 사람들에게 사랑받는다, 동시다발의 사랑이 발생하여 선택과 집중을 해야 한다. 카드는 말했다.

나는 강해지지 않아도 괜찮다. 나는 변하지 않기로 한다.

지명 수배자들

뉴욕에서 토요일과 일요일 연달아 낭독회가 예정되어 있다. 소제, 지선, 유나 번역가와 리윤, 선오 시인 그리고 나, 이렇게 여섯이 뉴욕에서 함께 낭독회 무대에 오르게 되었다. 아이오와에서 뉴욕으로 가는 직항이 없어서 시카고를 경유해야 했는데, 덕분에 시카고 여행 때 가지 못했던 가렛 팝콘 가게에 들를 수 있었다. 가렛 믹스로 유명한 캐러멜 크리스프와 치즈 팝콘 조합으로 한 봉지를 사서 비행기에 탑승했다.

솔직히 뉴욕에 도착하자마자 아이오와로 돌아가고 싶었다. 뉴욕을 통해 처음 미국을 접했더라면, 나는 지금만큼 이곳을 좋아하지 않았을지도. 도시라면 지긋지긋하니까. 공항 주차장에서부터 클랙슨이 난무했고, 여기저기서 언성을 높이고, 거리는 소음으로 넘쳐났다. 마천루에 가려져 빛은 충분하지 않았고, 날은 흐렸다. 게다가 장신의 사람들이 거리를 쏘다니니 영혼이 위축되는 기분이었다. 아이오와 사람들 역시 나보다 훨씬 키가 크고, 나는 한국에서도 체구가 아주 작은 편에 속하기에 미국에서는 영락없는 호빗인데, 아이오와 사람들이 간달프처럼 느껴진다면, 뉴욕 사람들은 사루만 같다…. 뉴욕에서는 바닥도 잘 보고 걸어야 한다. 맨홀도 아닌 것이, 열 걸음에 한 번 꼴로 바닥에 구멍이 나 있다. 직사각형으로 뻥 뚫린 구멍에는 지하로 연결되는 수상한 계단이 있다. 내려가는 입구를 왜 바닥에 내놓았을까? 구멍 양옆으로는 날카롭고 둔중한 철제 덮개가 위태롭게 양팔을 벌리고 있다. 그리고 어디선가 메스꺼운 냄새가 나는데 마리화나 냄새였다.

어두운 골목을 비틀거리며 친구들의 집을 찾아갔다.

선오와 리윤은 부시윅의 어느 허름한 가정집에 묵고 있었다. 부시윅은 그래피티가 많은 동네라 아티스틱한 분위기를 풍겼지만, 간판이며 나무며 뭐든 하여간 당장이라도 쓰러질 기세였다. 어찌어찌해서 선오, 리윤의 집에 당도했고 타국에서 오래된 고향 친구들(알고 지낸 지 6개월 된 사이)을 만나 반가움에 부둥켜안았다.

낮은 유리 테이블에는 낭독회 원고, 클라리시 리스펙토르의 책, 그리고 뉴욕에서 샀다는 몇 권의 책과 노트, 나무 플레이트 등이 널브러져 있었다. 오랜만에 한국어 책을 보니 반가워 훑어보는데 조명이 어두웠다. 커튼도 치고 거실 등도 안 켰다. 나와 달리 이 친구들은 시에 '빛'이라는 단어를 많이 쓰는 편이다. 한번은 선오의 시집에서 빛이라는 단어를 찾아 동그라미를 친 다음에 너 그거 아냐고, 빛 중독자야, 하고 놀린 적이 있다. 리윤의 시집이 나왔을 때도 대번에 빛 중독자라는 걸 알았다. 시집이 빛으로 찰랑이는 인상을 받았었다. 하루는 선오네 집에 놀러갔었다. 그런데 집이 너무 어두워서 놀랐다. 왜 조명을 안 켜고 생활하는 거지? 전기세 때문에 그런가? 그리고 리윤의 작업실에도 놀러갈 일이 있었는데, 그곳은 더 처참했다. 지상인데 지하실 같았다.

　-얘들아, 조명 좀 켤까?

　둘은 이구동성으로 말한다.

　-보영아, 이게 어두워?

　채광에 무심한 친구들. 아이러니한 건 이 빛 무심론자들이 정작 본인들의 시에서는 빛을 남발한다는 것이다. 마침 낭독회 Q&A에 '세 명의 시인들은 서로의 시를 어떻게 생각하시나요?'라는 질문이 있었는데, 할 말을 생각할 수 있었다.

이 시인들은 음지 식물입니다. 어둠 속에 있을 때 안전함을 느끼는. 그 점이 내가 이 시인들을 존경하는 이유이기도 합니다. 그들은 시가 결국 어둠 속에서 손전등을 켜는 일이라는 것을 알려줍니다. 이들은 빛을 끌어모아 시에게 다 줘버립니다. 그래서 삶에 빛이 없습니다…(These poets are like plants that thrive in the shade. They feel safe in the darkness. That's one reason I admire them. They teach us that poetry is ultimately about turning on a flashlight in the dark. They gather all the light from their own lives and give it all to their poems. That's why they have no light in their lives…).

친구들은 부시윅의 한 서점(서점 이름은 '책'이었다)으로 나를 데려갔다. 철제 셔터에 무시무시한 괴물이 그려져 있었다. 빨간 괴물의 이마에는 'Relation(상관성)'이라는, 어딘가 철학적인 단어가 쓰여 있었다. 셔터를 내렸길래 영업시간이 끝났나 보다 했는데, 원래 저렇게 열지 않은 척을 한단다. 가까이 가보니 셔터 하단이 살짝 열려 있었고, 매장 내부는 불이 켜져 있었다. 허리를 굽히면 들어갈 수 있는 정도. 근데 진짜로 영업시간이 끝났단다. 괴상한 서점이다. 언제나 문을 애매하게 반만 열어놔서, 닫혀도 열린 것 같고, 열려도 반은 닫힌 것 같은…. 인간관계의 전술적 측면에서 본받을 면이 있는 그런 서점이었다.

근처에 있는 그리스 식당에서, 식초에 절이고 참숯에 구운 문어 요리와 당근 라페를 곁들인 연어구이, 그리고 오이와 빵을 먹었고, 맛있는 음식을 먹으니 그제야 아이오와에는 맛있는 음식이 별로 없었다는 걸 깨달았다. 그런데 음식이라는 게 내 삶에서 그다지 중요하지 않으니 상관없다. 게다가 아이오와에는 맛있는 피자집이 두 곳이나 있다.

친구들과 미국에 대한 인상을 공유하며 떠들다가 거리를 활보하고 집으로 돌아왔다. 잠은 소제네 아파트먼트에서 잘 계획이어서 화장실만 들렀다가 출발하려는데, 욕실 조명도 심상치 않다. 스위치를 끝까지 올리면 더 밝게 할 수 있는데 중간 즈음에 맞춰놓은 것이다.

혹시 애네 지명 수배자들인가?

친구들과 헤어지고 번역가 소제의 집에 갔다. 소제는 분홍 모자를 쓰고 1층에서 나를 기다리고 있었다. 소제의 아파트먼트는 드라마 〈프렌즈〉의 모니카 집 같았다. 풍수지리에 따르면 그 집이 터가 좋아서, 거쳐간 사람들은 글을 쓰거나 음악을 하거나 하여간 예술을 하게 되었다고 한다.

(그건 터가 안 좋은 게 아닌가…?) 소제도 요즘 신들린 듯이 글을 쓴다는데, 그 시집의 제목은 차마 여기에 못 적겠다. (엄청난 시집인 것은 확실하다….) 거실 소파에서 한참 이야기하고, 시카고 팝콘도 먹고, 프레리 라이츠 서점에서 산 하등 쓸모없는 도서관 키트와 편지도 소제에게 전달했다. 아늑한 방 하나를 내어준 덕분에 편히 잠을 잘 수 있었다. 다음 날 오전에 번역가 잭 정과 그의 친구 오스카가 온다고 하여, 알람을 9시 정도에 맞춰놓고 잠들었다.

번역과 영혼

이틀 연달아 낭독회를 하니 진이 빠진다. 낭독을 하다가 꼭 한 번은 틀린다. 반면 리윤과 선오는 낭독에 재능이 있는 것 같다. 그들은 리듬과 말의 흐름만이 중요한 시를 쓸 때가 왕왕 있다고 했다. 아무래도 리듬에 올라탈 수 있으니 낭독할 때 실수가 적은 것 같다. 그럼 내 시에는 뭐가 있나? (이들과 비교하면 내 시에는 리듬도 없고 빛도 없다.)

언젠가 선오는 내 낭독을 유심히 듣고 말했다.

-너 조금씩 다르게 읽더라?

들켰다. 난 낭독하다가 틀려도 안 틀린 척한다. 틀리면 미묘하게 지어낸다.

-사실 낭독하다가 시를 동시에 손보기도 해. 컨디션과 말투에 따라 달리 읽게 돼.

-그래도 대세에 지장이 없으니까.

선오가 말했다. 그게 무슨 뜻인고 하니, 내 시에서 중요한 건 이야기 혹은 일화라서, 어미 하나를 바꾼다고 해서 시의 이미지나 인상이 바뀌지 않는다는 뜻이었다. 내 시에는 별달리 리듬이 없으니 낭독하기에는 그리 적합하지 않고, 그래서 읽다가 틀리고, 틀린 김에 지어내게 되는 것이다. 선오는 말했다.

-저거 봐라, 문보영 또 퇴고 낭독한다.

나는 미국에서 한국어로 낭독할 때 자유를 느낀다. 대부분 영어로 읽지만, 원본을 읽는 경우도 있는데, 몰래 한 연을 통째로 빠뜨리기도 한다. 한국어를 모르는 청중이 듣기에는 내 시가 너무 길게 느껴질까 걱정이 되어 그랬다. 그런데 연을 통째로 버렸을 때 의도치 않게 시가 나아지기도 해서 사후적으로 시를 손보기도 한다.

첫 번째 낭독회가 공식적인 분위기의 낭독회였다면 두 번째 낭독회는 보다 캐주얼한 낭독회로, 어느 허름한 바에서 진행되었다. 미러볼이 쓸쓸하게 돌아가는, 낡은 나무 바닥의 작은 무대였다. 많으면 30명 정도 수용 가능한 오래된 술집. 리윤이 제작한 시 엽서 세트와 시집을 흔들리는 작은 스툴 위에 전시했다. 그때 소제가 한 동양인을 내게 소개해주었다.

-오, 안녕하세요?

한국인으로 착각했는데 중국계 미국인이었다. 일전에 소제가 미국에 내 시를 좋아하는 친구가 있다고 했는데 그 사람이었다. 이름은 사무엘. 통성명만 했을 뿐인데 사무엘은 문학 이야기로 직행하더니, 나더러 "너 카프카 좋아하지?" 하고 물었다. 그건 어느 무당이나 할 수 있는 말이다. '요즘 마음 힘드시죠?' 하고 떠보는 점쟁이를 용하다고 생각하는 사람이 없는 것처럼. "응, 누가 안 좋아하냐." 이런 대답을 했더니 사무엘은 카프카가 엄청 짧은 소설을 썼는데 그건 산문시에 가깝고, 내가 그 작품들을 좋아할 것 같다는 거였다. 그래서 엄청 놀랐다. 오릿도 내게 똑같은 이야기를 했었다. 그러더니 사무엘은 내가 리디아 데이비스를 좋아할 것 같단다. 난 그 작가를 모르지만 나중에 꼭 읽어보겠다고 했다. 나중에 알고 보니, 아이오와에 오기 바로 직전까지 내가 붙들고 있던 책이 리디아 데이비스의 《불안의 변이》였다. 영어로 말해서 못 알아들었던 것이다. 사무엘은 내 시와 이상의 시 그리고 카프카의 시를 비교 분석한 비평문을 썼는데 그걸 나중에 보여주겠다고 했다.

낭독회를 마치고, 파티를 위해 예약한 에어비앤비에서 엄청난 비주얼의 피자와 여러 음식을 먹었고 차례대로 잭 정의 무료 타로 상담을 받았다. 잭 정은 번역가이자 미국 어느 대학의 문예창작학과 교수인데 행사 내내 거의 짐

218

꾼 노릇을 했다. (잭 정의 눈가에는 다크서클이…) 그리고 그가 봐준 타로가 절묘하게 각자의 상황과 맞아떨어져 다들 놀랐다. 한국인들끼리 대화하느라 소외된 사무엘에게, 너도 타로를 보라고 하니 자기는 크리스천이라 안 본단다. 그러더니 자기가 쓴 비평문을 보여주고 싶다고 했다.

그 집에는 흐릿한 조명이 달린 좁은 복도가 있었는데, 거기서 나는 선오와 리윤 그리고 사무엘과 쪼그리고 앉아 그 글을 읽었다. 비평 용어나 문학 개념은 익숙지 않아서, 사무엘이 쉬운 영어로 번역해주어야 했다. 본인도 재미있는지, 들뜬 채 한 문단씩 설명해주었다. 그때였다. 이런저런 문학 얘기를 하는데 선오가 갑자기 고급 영어를 쏟아내기 시작했다. 눈에 총기가 돌더니 어려운 문장을 정확하게 구사했다.

-야… 너 갑자기 왜 영어가 늘었어?

리윤과 나는 놀랐다. 그런데 난 그게 어떤 건지 안다. 아이오와에서 나는 처음으로 영어로 시를 쓰게 되었다. 그 시는 사랑이 있어 가능했다. 오릿에게 주려고 쓴 시였으니까. 사랑으로 밀어붙이면 모르는 언어로도 시를 쓸 수 있게 된다. 그러니 선오의 경우, 피자를 주문하거나, 사람들과 스몰토크를 한다거나, 뭐 그런 종류의 영어는 부족할지 몰라도, 문학에 관해서라면 일시적으로 영어 천재가 될

219

수도 있는 것이다. 그게 우리가 죽는 순간까지도 사랑하는 것들을 포기해서는 안 되는 이유이다.

파티를 파할 즈음, 나는 사무엘에게 비평문을 내게 보내줄 수 있는지 물었다. 처음으로 타인의 글을 한국어로 번역해보고 싶었기 때문이었다. 사무엘은 일주일 뒤에 글을 보내주었다. 그리고 메일에 이런 글을 덧붙였다.
　-여기 내 글을 첨부해. 네 마음대로 싹 다 바꿔도 돼. 어차피 넌 그렇게 할 거잖아? 다음에 또 봐. 안녕!
　어떻게 알았지? 사실 난 사무엘의 글을 곧이곧대로 번역할 생각이 전혀 없었다. 나는 사무엘의 글을 내 식대로 다시 쓰고 싶었다. 그의 글을 한국어로 번역한다면 그것은 원본과 아주 달라서 발표할 수 없을 것이고 사무엘에게 보여주지도 못할 것이다. 나는 사무엘의 글에 내 일기를 끼워 팔 생각을 했다. 내 문장을 마구 섞어 쓰고, 사무엘의 문장을 멋대로 꼬아서 망치고, 더 아름답게 만들고, 더 럽힐 심산이었다. 그런데 사무엘은 나의 시만 읽고 내가 그럴 거라는 것을 짐작했던 것이다. 처음부터 사기 칠 영혼이라는 걸 알아본 것이다. 그게 바로 이해할 수 없는 시의 신비이자 아름다움이다.

우산 밖으로 나가는 사람

아이오와로 돌아왔다.

오릿과 문틈의 틈새 사이로 주고받던 엽서를 도난당했다. 오릿이 방문 앞에 엽서를 놔두는 바람에 누가 가져간 것이다.

오늘도 자바 하우스에 글을 쓰러 갔는데, 카페에서 오릿을 만났다. 오늘 오릿은 글쓰기에 집중할 거란다. 오전에 3시간이나 줌으로 인터뷰를 했는데, 녹음본이 모두 날아가서 다시 해야 된다고. 오전 글쓰기 타임을 날린 것이 분하단다. 오릿에게도 양보할 수 없는 집필 시간이 있구나. 그런데 1시간도 지나지 않아 'I would love to touch the sun with Moon'이라고 문자를 보냈다. 나가서 걷자고. 마침 자바 하우스에 있던 오릿이 안 보이길래 "Orit, out of orbit!(궤도를 이탈한 오릿!)"이라는 문자를 보낸 참이었다. 자신은 프레리 라이츠 서점 2층으로 자리를 옮겼다며 중간에서 보잖다.

짐을 챙겨 자바 하우스를 나섰는데 부슬비가 내리고 있었고, 먹구름이 끼어서 날이 흐릿한데, 건너편 도로에 오릿이 서 있었다. 트렌치코트를 입고 빨간 립스틱에 빨간 매니큐어를 바르고 선글라스를 쓴, 비에 젖은 여성이 환한 미소를 짓고 있었다. 아름다운 살인자가 걸어오는 것 같았다. 내게 우산이 있는 걸 보고 말한다. "그것 봐, 항복하면 아름다운 일이 일어난다니까?" 그럼 뭐하는가? 대부분의 사람은 우산을 제대로 씌워주기를 바라고, 젖지 않으려고 우산 속으로 파고들지만, 오릿은 어떻게든 비를 맞으려는 사람 같다. 아무리 우산을 씌워줘도 어느 새 우산 밖으로 나가서 비를 맞고 있다. 함께 우산을 쓰면 얼굴을 보기가 어려운데 오릿과는 마주보고 걸을 수 있다….

비 때문에 마스카라가 시커멓게 번졌는데, 살인자 미소를 지으며 또 뭔가에 감동을 받은 표정이다. "비는 아름다워!" 오릿은 방수 영혼을 지녔기에 비 따위가 그녀를 겁먹게 할 수 없으리. 오릿은 내 시에는 그림책의 영혼이 있으니 언젠가 꼭 그림책을 쓰란다. 그리고 내일 그림책에 관한 토론회를 열자고 했다. 낮에 만나자 하니 저녁이어야 한단다. 와인이 필요하다고. 그래서 난 주스를 가져오겠다고 했다. 하지만 난 한 귀로 듣고 한 귀로 흘린다. 오릿은 약속을 지킨 적이 없으니까!

빗속에서 오릿은 씨익 웃더니, 트렌치코트 주머니에서 우리가 잃어버린 엽서와 똑같은 엽서를 꺼내 보여주었다. 프레리 라이츠 서점에서 같은 엽서를 산 것이다. 우리의 시를 가져간 놈에게 복수하자고. 그러더니 빗속에서 이런 이야기를 한다.

-예전에 친구를 위해 아무것도 그려지지 않은 하얀 그릇을 샀어. 그리고 그 그릇에 아름다운 꽃과 나무 그리고 성을 그렸지. 그리고 친구에게 선물했어. 몇 년 뒤 어느 날, 우연히 골동품 가게에서 그 그릇을 발견했어. 이 빠진 그릇들 사이에서 내 그릇은 빛나고 있었어. 난 상인에게 그게 얼마냐고 물었어. 나도 궁금했으니까. 상인이 말했어. 수공예품이라 매우 비쌉니다. 나는 거기서 빵 터졌어. 그리고 웃돈을 얹어서 그 그릇을 샀어. 그리고 친구에게 다시 선물했어. 그게 내 복수였지! 그러니 너도 혹시 누군가에게 복수를 하고 싶다면 내게 말해. 아주 교묘하고 잔인한, 하지만 한 구석은 감동적인 복수를 할 수 있게 도와줄게.

-감동적인 복수!(touching revenge!)

나는 우산을 오릿에게 씌우며 말했다.

-이건 우리만의 약속이야(life long promise).

오릿은 또 우산 밖으로 나갔다.

국제 문학 수업을 듣고, 저녁엔 인터넷에서 흥미로운 글을 읽었다. 그녀의 그림책 《네 눈에도 보여》는 한국어로 번역되었는데, 전자책이 있는지 검색하다가 어떤 블로그 글을 읽게 되었다. 글은 이렇게 시작한다. "오릿의 이름은 '빛'을 의미한다." 한국인 여행객이 뮌헨에서 길 잃은 '오릿'이라는 이름의 여성을 만났다는 글이었다. 그 오릿도 길치였다. 그녀는 글쓰기 워크숍을 들으러 가고 있었는데 길을 잃어 화자에게 도움을 요청한다. 글쓴이는 다음 날에도 오릿을 만난다. 뮌헨의 오릿은 햄릿을 좋아한다고 했고(오릿이 아닐 수도 있겠다고 생각한 부분), 자신을 선생님이라고 소개했다(오릿도 선생님이다). 그런데 말하는 폼이며 (처음 만난 사람에게 자신이 좋아하는 것을 잔뜩 말하는 것), 길을 잃고도 당당한 것이며, 문학 얘기를 늘어놓는 것이며, 낯선 사람을 경계하지 않는 것이며, 하나부터 열까지 오릿을 쏙 빼닮아서 그 글을 번역해서 오릿에게 보내주었다.

다음 날 오릿에게서 답장이 왔다.

-It's not me, But oh my god, all the details. It's

me! It's me!(오 마이 갓! 디테일하며 완전 나잖아? 내가 아
니지만 내가 맞아!)

초미세하게 살아가기

　도서관에서 자료를 뒤적이다가 진전이 없어서 밖으로 나갔다. 들판에는 아무것도 없으므로 갈 곳이 있다면 들판을 등지고 걷는다. 들판에는 햇반이 없고, 간장이 없고, 컵케이크가 없고, 마요네즈가 없고, 타이레놀이 없다. 그래서 반대 방향으로 걷는다. 횡단보도를 건너, 언덕을 올라 다운타운으로 간다.

　즉석밥을 사러 마켓에 갔는데 휴일이었다. 그런데 되돌아가야 한다는 사실이 다행스럽게 느껴졌다. 요즘 나는 내 성격이 바뀐 것을 감지한다. 헛걸음질 따위가 나의 기분을 망칠 수 없다. 돌아오는 길과 가는 길에 나무가 많아서인가. 하나의 나무와 또 다른 나무가 충분한 거리를 두고 있어서인가. 그게 걷는 사람의 기분에 영향을 미치는 걸까. 나아가 그것이 한 사람의 인생에도 영향을 끼치는 거라면, 너무 과한 게 아닌가 싶다가도 가끔은 그런 영향에 굴복하고 싶다. 여태껏 나는 모든 영향으로부터 나의 삶을 보호하였으며, 성으로 담을 쌓고, 무언가를 등지고 글을 썼는데 이제는 온갖 자극에 몸을 열고 싶다. 가는 길에는 커다란 주차장과 가로수와 주택, 영화관, 카페 등이 있다. 어수선한 길이다. 이곳에서라면 무제한의 글을 쓸 수 있겠다는 느낌이 들지만, 여기서 현실을 살아가는 사람은 또 다르겠지? 아이오와에서 살고 싶다고 말하면 동료 작가들은 말한다. "너의 현실은 한국에 있잖아." 그런데 이게 현실이 아니라면 지금 내가 살고 있는 건 뭐지? 언제부터인가 한국에서는 한 줌의 일기만을 쓸 수 있게 되었다. 미세하게 살아가는 방법 외의 사는 방법은 잊어버렸기 때문에.

초경량의 삶!

너무 무거워.

다운타운을 배회했다.

몽 씨가 떡볶이를 해주겠다고 해서, 집들이 선물을 사려고 소품 가게와 완구점을 들락거렸는데 마땅한 게 없었다. 그래서 치약이나 살 겸 해서 타깃에 갔는데 몽 씨와 딱 마주쳤다. 집에 포크가 하나밖에 없다며. 길치라 집을 찾아가는 게 걱정되었는데 마침 잘 됐다 싶었다.

몽 씨는 《일기시대》를 번역하고 있는데, 내 반려 돼지 인형 말씹러를 어떻게 번역해야 할지 몰라서 말씹러가 나오는 꼭지는 제치고 번역 중이라고 했다. 말씹러는 번역의 난제다. 사람들이 말씹러의 이름을 물어보면 나는 그냥 쿨 가이라고 대답한다.

몽 씨의 집은 큰 창에도 불구하고 건너편 건물 때문에 전체적으로 어두웠다. 그런데 식물이 많아서인지 불을 꺼도 햇빛이 남아 있는 느낌이었다.

-빛이 드네요.

나는 작은 회색 소파에 앉았다.

-네, 점심 무렵에 빛이 들어요.

-다행이에요. 도와줄 건 없어요?

-아뇨, 앉아 계셔요.

방은 어질러져 있었다. 한쪽 구석에는 옷더미가 쌓여 있고 구겨진 원고들은 여기저기 낱장으로 흩어져 있고 전선은 엉켜 있었다. 걷는 데 주의가 필요한 방. 나는 마음속으로 방의 인상을 정리했다. 반면, 식물 선반은 결벽증이 있는 사람이 관리한 것처럼 깔끔했다. 식물에 별 관심이 없는 내가 봤을 때는 잘 구별되지 않았다. 초록색이거나 연두색이거나 초록색인 식물들. 나는 이렇게 두 번째 인상을 정리한다.

-몽 씨, 식물 좋아해요? 저는 식물 키우기에 재능이 없는데….

-더 살 거라서 새 선반을 들일 거예요.

-더 놓을 곳이 없어 보이는데…. 저도 여기 오기 전에 달리아를 키웠어요. 소음 때문에 평소에 환기를 잘 안 하거든요? 그런데 나 때문이 아니라 식물을 위해서 환기를 하면 거리의 소음을 견딜 만하더라고요?

-아직 살아 있어요?

-죽었어요. 그다음엔 머리에 노란 꽃을 단 선인장을 샀어요. 그런데 선인장 몸체가 갈색이 되었어요!

-선인장을 죽게 내버려두면 언젠가 나무가 돼요.

몽 씨는 냄비에 물을 붓고 냉동고에서 떡을 꺼냈다.

-왜요?

-글쎄요. 애초에 나무가 되고 싶었던 건가.

-슬프다!

몽 씨는 떡볶이를 먹는 내내 식물에 관한 이야기를 했다. 내 눈에는 그거인 식물들의 이름을 읊으면서. 다른 얘기를 할 때는 실눈을 뜨고서 심드렁한 표정을 짓지만 식물 이야기를 할 때만 두 눈이 반짝이는 몽 씨.

-이거 보세요.

몽 씨는 떡볶이를 먹다가 천장에 매달린, 사람 가발

처럼 생긴 식물을 가리켰다. 그러더니 화분에서 식물을 꺼내 보여주었는데 그 식물에게 땅이 없어서 깜짝 놀랐다. 땅도 없이 허공에서 자란다는 행잉 식물.

-이 식물은 어떻게 살아요?

애초에 살아 있기는 한 건가. 나는 의아했다. 식물은 마치 '땅에 닿기 싫습니다. 그러면 차라리 죽겠소'라고 말하는 듯 허공에서 아무것도 안 하며, 세상으로부터 무엇도 받지 않고, 주는 것에도 의미 부여하지 않으며, 최소한의 것만을 누리며 초미세하게 살아가고 있었고 그 모습이 몽 씨와 어딘가 닮아 보였다. 나는 세 번째 인상을 정리한다.

-가발 같아요. 몽 씨랑 헤어스타일도 비슷하고….

나는 몽 씨가 두 손으로 받치고 있는 식물을 휴대폰 카메라에 담았다. 나중에 검색해보니 식물의 이름은 세로그라피카이고 '뒤틀린 잎'이라는 뜻이란다.

-물은 어떻게 줘요?

나는 고수 향이 나는, 스티로폼 식감의 어묵을 질근질근 씹으며 물었다.

-한 달에 한 번씩 익사시키면 돼요. 욕실에 데려가서 물에 담갔다가 빼요. 그리고 매달아서 말려요. 물을 주면 몸을 쭉 뻗어요, 불가사리처럼. 그리고 마르면서 잎이 말려요.

그 말을 듣고 '몽 씨의 인생에도 중요한 게 있구나' 하고 생각했다. 예전에 나는 몽 씨를 '실눈 뜨고 아주 느리게 걷는 사람'이라고 표현한 적이 있는데, 그런 몽 씨를 보고 있으면, 어떤 것도 몽 씨의 인생에 중요하지 않은 것처럼 느껴진다. 한편 나는 '행잉 식물을 키우는 사람들은 어떤 기분일까' 함부로 상상한다. 천장에 매달린 식물을 화분에서 꺼낼 때마다 목을 매달고 싶지 않을까, 혹은 행잉 식물로 대리 만족하며 자살 욕구를 다스리면서 사는 걸까. 나중에 그 식물을 우연히 한국에서 다시 보게 되었는데, 그곳에서도 식물은 허공에 달려 있었다. 바닥이라면 무조건 싫은 걸까? 뭔가에 닿는 느낌이 견디기 힘든 걸까? 아니면 지구가 싫은 걸까? 달이라면 괜찮을까?

몽 씨의 집을 더 둘러보니 선반에는 작고 귀여운 인형들이 있었다. 다음에 만날 때는 식물과 귀여운 인형을 선물해야겠다.

몽 씨와 이야기를 나누다가 오릿과 들은 콘크리트 라이팅 클래스를 한국어로 번역하면 '시 모양 만들기 수업'이라는 사실을 알게 되었다. 미국에서는 시의 형식을 다양하게 시도하는 실험이 많은 반면 한국 시는 정서에 더 가까운 것 같단다. 영어는 한국어와 달리 모든 단어가 떨어져 있어서 퍼즐처럼 단어를 옮기고 지우기 쉽다고. 그래서 나도 영어로 시를 써보고 싶다는 생각이 들었다. 그리고 시집 몇 권을 나에게 보여주었는데 책이 몹시 아름다웠다. 《Obit》이라는 제목의 책은 부고를 엮은 건데, '소화 기관이 죽었다' '나의 인내심이 죽었다'와 같은 문장이 열거된다. 하여간 다양하게 죽는 무언가에 관한 시집이었다.

돌아오면서 마지막 인상을 정리했다. 몽 씨는 사람을 안 만나고 대체로 사람 아닌 것들로 집안을 꾸며놨는데, 거기에는 엉덩이를 닮은 들판 액자도 있고 식물도 있다. 몽 씨는 내게 최근에 만난 오리, 강아지, 고양이 사진도 보여줬다. 대체로 사람 빼고 좋아하는구나. 내가 사람이어서 미안했다. 저 사람과 있을 때는 최대한 사람답지 않은 모양으로 있어야겠다. 그게 어떻게 하는 거냐 하면 내가 들판 아닌 방향으로 걸을 때 조사한 그 나무들처럼 존재하는 것일 테다. 사람 아닌 것으로 존재하는 것이 나 자신에게도 좋으니까, 나는 생각했다.

5부

맨발의 시인

뉴욕으로 단체 여행을 간다. 지난달에는 낭독회만 하고 돌아오느라 제대로 즐기지 못했지만, 머무는 기간에 맞춰 한국에서 가은 언니가 오기로 해서 여유를 갖고 둘러볼 계획이다.

비행기 탑승 전 수하물 검색대에서 신발 한 짝을 잃어버렸다. (검색대에 신발도 제출해야 한다.) 같은 줄에 서 있던 야스히로는 두 짝을 잃어버렸다.

-Barefoot poet and half barefoot poet…(맨발의 시인과 반 맨발의 시인…).

야스히로는 곧 신발을 돌려받았는데 내 신발은 자취를 감추고 말았다. 그런데 신발을 한 짝만 잃어버리는 것도 나쁘지 않은 것 같았다. 양측의 높이가 다르니 낮은 곳과 높은 곳을 동시에 볼 수 있으니까. 나는 신발이 돌아오지 않기를 바라며, 신발을 기다렸다.

직원은 사건의 전모를 알아내러 떠났고 얼마 뒤, 내 꼬질꼬질한 슬리퍼를 가져다주었는데, 그 모습이 구두 시착을 도와주는 명품관 직원 같았다. 나는 약간 아쉬워하며 신발을 고쳐 신고 게이트를 찾아갔다.

우리가 이용한 항공사는 유나이티드 에어라인. 연착으로 악명이 높다. 착석해서 벨트까지 맸는데 브레이크에 문제가 생긴 걸 발견했다며 모두 하차하라 했다. 이 때문에 경유편 비행기를 3분 안에 잡아 타야했다. 고령의 작가들은 빨리 뛸 수가 없으니 조를 짜서 돕기로 했다. (다행히 문제는 순조롭게 해결되었다.)

다음 비행기에서는 보스니아 작가 센카의 옆자리에 앉았다. 센카는 스무 살이 되기 전에 전쟁이 발발해 다른 나라로 피신을 갔다. 그곳에서 그녀는 몇 년간 미용사로 일했다. 나는 프레즐과 다크 초콜릿, 그리고 바다 소금 쿠키를 베어 물며 그녀의 짧은 전기를 들었다. 센카와 오래 대화해본 것은 이번이 처음이었다. 호텔 복도에서 마주친 센카는 늘 피로해 보였다. 마스카라는 반쯤 번져 있고, 눈밑은 다크서클로 어둑했다. 얇고 처진 옷을 걸친 채, 한손에 술잔을 쥔 모습을 자주 봐서 그런지 그녀가 입은 옷은 모두 실크 잠옷처럼 보이는 효과가 있다. 센카도 오릿처럼 감탄을 잘하지만 어딘가 힘이 없다. 멋진 걸 보면 "오, 뷰티풀…" 하고 희미하게 감탄한 뒤 죽으러 가는 자 같다.

잠깐 눈을 붙이려는데, 센카가 좌석 등받이에 달린 접이식 테이블을 펴더니 일기를 쓰기 시작했다. 그 모습을 보니 나도 일기가 쓰고 싶어졌다. 그래서 경첩이 달린 갈색 일기장을 꺼냈다. 우리는 일기장을 대자로 펴서 서로에게 보여줬다. 어차피 서로의 언어를 몰라서 하나도 못 읽으니까. 자 봐라, 내 일기를. 센카는 손으로 종이를 쓰윽, 훑으며 "오, 뷰티풀…" 하고 말했다. 서로의 언어를 모르니 얼마나 안전한가? 나는 경첩 일기장을 첫 장부터 다시 읽으며 시간을 때웠다. 그중에 이런 구절이 있었다.

"아이오와에 다시 오고 싶다는 이야기를 하자 이런 얘기를 또 들었다. 네 삶은 한국에 있잖아. 여기에서 살려면 지금과는 전혀 다를걸? 게다가 넌 영어로 글을 써본 적도 없잖아? 세상에. 내가 세상물정 모르는 순진한 아이처럼 보이나 보다. 물론… 맞다. 백번 맞는 소리다. 세상 물정 모르기 권법으로 어찌어찌해서 여기까지 왔으니까…."

일기를 다시 읽는 건 좋은 신호다. 적어도 당신이 당신의 삶을 버리고 싶어 하지는 않는다는 점에서.

그런데 세상물정 모르는 바보 같은 나를 옆에서 지켜보는 가족과 친구들은 참으로 답답할 것이다. 나의 문제는 어떤 상황을 파악하는 데 시간이 오래 걸린다는 점이다. 비행기에 탑승해서 자리를 찾아갔는데 내 자리에 다른 사람이 앉아 있었다. "어? 나도 12E인데" 하고 말하니 그 사람이 티켓을 보여주면서 자기 자리란다. "혹시 저와 시트 넘버가 같나요? 이런 우연이! 혹시 영혼의 짝?" 환호하는 사이, 나를 한심하게 쳐다보던 코토미가 "쇼미 쇼미!" 하고 티켓을 가져가더니 문제를 바로 해결해주었다. 그러니까 내 경우, 어떤 상황을 문제 상황으로 인식하기까지 약간의 버퍼링이 존재한다. 일전에 어느 독자가 내게 이런 칭찬을 한 적이 있다. "작가님은 생활력이 조금 떨어지는 천재 같아요"라고. (칭찬 맞다, 아마도…)

호텔로 향하는 택시에 탔는데, 창밖으로 한국 은행, 한식당, 한국 노래방 등 한인 가게가 즐비했다. 야스히로가 "이것 봐! 온통 한국 매장이야!" 소리치며 내 기를 세워주었는데, 한인 타운이었다는 사실이 금세 드러났다. 물론 오랜만에 한국 매장을 봐서 좋았다. 하지만 반갑기만 하고 슬프지는 않다는 점에서 아직 내가 한국을 그리워하지는 않는다는 사실을 재확인할 수 있었다.

여분의 심장

아이오와로 돌아가는 날이다. 사흘간 일기도 쓰지 못할 정도로 열심히 돌아다녔다. 가은 언니는 매일 아침 나보다 1시간 일찍 일어나 뉴욕 거리를 산책했고, 돌아오는 길에는 따뜻한 크루아상과 커피를 들고 왔다. 덕분에 향긋함과 약간의 설렘 속에서 아침을 맞이할 수 있었다.

어제는 가은 언니를 보내고 소제를 보러갔다. 소제가 '국경 없는 단어Words without borders'라는 번역·출판 행사에서 스피치를 한다고 했다. 찾아갔더니 소제는 내게 거대한 박스를 안겨줬다. 판판한 종이로 만든 인형의 집에는 빨간 화가 모자를 쓴 토끼 인형이 들어 있었다. 그리고 그를 호위하는 오리 두 마리와 여벌의 남청색 양복, 반짝이는 붉은 신발, 출생증명서, 인형 여권이 들어 있었다. 이게 다 뭐냐니까 미국의 유서 깊은 인형 가게 빌드 어 베어 워크숍Build-A-Bear Workshop에서 커스텀해서 산 거란다. 충격적인 것은 이 인형에게 뛰는 심장이 있다는 점이다. 가슴을 누르면 딱딱한 물체가 만져지는데, 인공 심장이다. 인형을 껴안으면 진동을 느낄 수 있다. 심장이 멈추면 어떡하지? 소제는 매장에서 여분의 심장을 구할 수 있고 심장이 멈추면 교체할 수 있다고 했다. 매대에는 인형 가죽이 쌓여 있고, 원하는 인형을 고르면 솜을 충전해주는데, 그때 심장을 함께 넣었다는 것이다. 내가 묵고 있는 맨해튼 숙소 근처에도 해당 매장이 있다고 해서 오늘 아침 일어나자마자 인형 가게를 찾아갔다.

매장 한가운데 솜사탕 기계의 열 배 정도 되는 크기의 머신이 요란하게 가동되고 있었고 내부에서 솜뭉치가 휘날리고 있었다. 기계 옆에는, 너구리 분장을 한 직원이 무표정한 얼굴로, 쇠 호스를 인형 가죽에 꽂고서 솜을 충전하고 있었다. 거센 인공 바람으로 인해 인형은 사방팔방 요동쳤고, 흡사 고문당하는 것 같았다. '생명을 불어넣는 것은 폭력이구나….' 나는 생각한다.

미국에 언제 또 올지 모르니 닥치는 대로 카트에 물건을 쓸어 담았다. 그리핀도르 망토와 목도리, 프렌즈 커피잔, 신발과 모자. 구석에는 인형을 위한 탈의실이 마련되어 있어 시착해볼 수도 있다. 그리고 심장은 입구 쪽에 있었다. 6.5달러짜리 심장. 한 개를 살지 두 개를 살지 한참 고민하다가 한 개만 샀다.

그리고 아이오와로 돌아가는 비행기에서 옆 좌석에 앉은 작가에게 인형을 보여줬고, 경유지에서는 노엘과 케빈에게 자랑했다. (그들은 애써 장단을 맞춰줬다.) 우리가 탄 비행기는 세 번이나 연착되었다. 그래서 경유지에서 장장 5시간이 넘게 대기해야 했고 새벽이 되어서야 아이오와에 도착했다. 긴 대기 시간과 여독으로 다들 녹초가 되었는데 수하물 컨베이어 벨트에서는 한참이 지나도 짐이 나오지 않았다. 다들 화를 낼 기력도 남아 있지 않았다. 심심해진 나는 짐 가방에서 주섬주섬 인형을 꺼내 루시에게 보여주었다. 이건 여분의 양복, 이건 인형 신발, 이건 여권, 이건 출생증명서, 그리고 가장 놀라운 건 심장이 뛴다는 거야. 그러자 옆에 앉아 있던 고령의 아이오와 할머니가 사랑스럽다며 감탄했다.

-쟤, 여분의 심장 산 거 봤어?

지나가던 케빈은 혀를 내두른다. 나는 짐을 풀어놓고 인형을 구성하는 여러 요소를 소상히 설명했다. 그 모습이 좌판의 노파 같았다고 어느 작가는 훗날 말했다. 피로에 눈이 풀린 작가들은 모닥불에 주위로 모여 손을 쬐듯 하나둘 다가왔다. 새로운 손님이 올 때마다 나는 처음부터 하나하나 설명했다. 이건 여분의 양복, 이건 인형 신발, 이건 여권, 이건 출생증명서, 그리고 이 아이에겐 심장이 있고, 나는 심장이 멈출 것이 염려되어 여분의 심장을 샀습니다. 짐을 찾은 이들이 하나둘 자리를 뜨고, 공항은 고요해졌다. 짐을 기다리는 동안 인생이 다 흘러버려도 이상하지 않았을 것이었다. 시간은 풍부했다. 부족하지 않았다.

이해의 욕구

낮에 타미가 길을 걷다가 쓰러졌다. 함께 걷던 케빈은 너무 놀랐지만, 대부분의 IWP 작가들이 그러하듯 미국 번호가 없어서 119에 전화를 할 수가 없었다. 그래서 지나가던 학생을 붙잡고 도와달라고 외쳤는데, 그는 귀에 끼고 있던 에어팟 한쪽을 빼고는 '아이 엠 비지'라고 말했단다. 그러고는 가던 길을 갔다. 그 모습에 케빈은 인류애를 상실한 모양이었다. 작가들을 만날 때마다 그 장면을 온몸으로 재현했으니까. 작가들은 돌아가며 타미의 방문 앞에 먹을 것을 가져다두었다. 타미는 몸이 약한데 매번 끼니를 빼먹기 때문에 노엘과 케빈이 돌아가며 성화다. 그런데 절대 말을 안 듣는다. 어제부터 아무것도 입에 대지 않았단다. 에바는 타미에게 먹일 옥수수 닭죽을 끓여 코토미와 나에게도 나눠주었다.

저녁에는 에바와 코토미와 닌텐도를 하기로 했다. 로비로 내려가니 케빈이 또 그 이야기를 하고 있었다. 나도 소파에 앉아 듣는데 케빈이 "그거 알아?"라는 말을 마지막으로 만다린어로 말하기 시작했다. 영어가 수준급인 케빈도 급할 때는 모국어를 사용한다. 코토미와 에바는 만다린어를 이해하니까. (에바는 광둥어와 만다린어를 모두 구사한다.) 나는 사람들이 그들의 언어로 이야기할 때, 그래서 내가 대화에서 소외될 때 별로 불편함을 느끼지 않지만, 언제부터인가 에바와 코토미는 점점 더 빈번하게 만다린어로 대화를 나누기 시작했다. 그렇다고 외로운 건 아니었다. 다만 "그거 알아?"라는 흥미로운 도입부를 던져놓고 이해할 수 없는 언어를 쏟아내니 도통 궁금해서 참을 수가 없었다. 케빈의 다채로운 표정과 제스처하며, 에바와 코토미의 충격받은 리액션하며! 잠자코 앉아 있다가 슬쩍 일어나서 로비 화장실로 가는 것으로 소심하게 도발했는데 다행히 그걸 눈치 챈 코토미가 나를 붙잡았다.

　　ㅡ오, 문…! 가지 마.

　　ㅡ됐어! 난 똥 쌀 거야!

　　몇 달 전까지만 해도 나는 생각했다. 사람들이 모르는 언어로 말할 때 대화에 깊은 구덩이가 생겨서 좋다고. 이해할 수 없는 음성의 쏟아짐 속에서만이 나의 귀는 자유롭다고. 그런데 나는 변하고 말았다. 이제 이해하고 싶다. 친구들의 모르는 언어를. 범람하는 언어에 파묻힌 나는 알아듣고 싶다. 내가 살고 싶어 하네. 이제는 미세하게 사는 것을 그만두고 싶구나. 변화하고 만 것이다. 이런 내가 조금은 징그럽지만.

앵무새 폴네시아가 닥터 돌리틀에게 새의 언어로 말하고 닥터 돌리틀은 새의 언어로 화답한다. 인간의 언어밖에 할 줄 모르는 나, 토미 스투빈스는 말한다. "난 하나도 이해하지 못했다."

과거를 다시 살기

> - 나는 이 이 일기장을 통해
> 재진술된 시간 속에서 재탄생한다.[＋]

최승자 시인의 아이오와 산문집 《어떤 나무들은》을 네 번째 읽는다. 최승자 시인이 IWP에 참여한 해가 1994년이니 거의 30년이나 흐른 뒤에 같은 장소에 오게 된 것이다. 최승자의 시집은 절규로 가득하지만 그의 일기는 낯선 세계에 관한 성실한 관찰로 가득하다. 외계행성에 파견된 연구자처럼 최승자는 이 낯선 나라를 살펴본다. 그의 일기에는 시에서 볼 수 있는 감정의 휘몰아침이 부재한다. 마치 과거가 없는 사람처럼 그는 쓴다. 아무것도 회상하지 않고 현재 일어나는 일을 뜨개질하듯이 쓰는 삶. 아이오와에 가면 나 또한 그런 일기를 쓰리라 다짐했다. 하지만 실패하고 말았다. 우선 일기를 시간순으로 쓰는 것이 내게는

[＋] 브라이언 딜런, 《에세이즘》, 김정아 옮김, 카라칼, 2023, 158쪽.

불가능하다는 사실을 깨달았다. 그날 있었던 일을 매일 짧게 기록하지만, 그것은 일기라고 부르기에는 형체가 없다. 나중에 원고를 다듬는 과정에서 시간은 무화되고 다른 날의 일기와 섞여버린다. 기억은 정확하지 않고, 시간은 엉킨다. 글을 고치는 시점에 일어난 사건과 생각이 글에 침투해서 시간이 범벅된다. 그 때문에 일기는 서로 다른 여러 축의 시간으로부터 영향을 받게 된다.

이 책에 실린 원고는 세 부류다. 구제 일기, 해체 일기, 레퍼런스 일기. 구제 일기는 하위-일기 무더기에서 일기가 될 만한 것을 불쏘시개로 뒤적이며 건진 글이다. 해체 일기는 소설 원고를 분해해서 일기로 돌려놓은 원고이다. 아이오와에서 쓴 일기를 기반으로 짧은 소설을 썼는데, 쓸모없게 되어 일기로 돌려놓았다. 그런데 원상복구에 실패해서 아주 다른 글이 되어버렸다. 레퍼런스 일기는 아이오와에서 가져온 사료를 토대로 재구성한 일기이다.

내게 아이오와 일기 쓰기는 뒤풀이 같은 건데 문제는 본 행사는 2시간인데 뒤풀이는 3년인, 주객이 전도된 일기가 되어가고 있다. 아이오와에서 지낸 일수가 87일이었는데 내가 쓴 일기는 100편이 넘으니 일기를 쓰는 동안에는 시간을 무한히 팽창시키는 능력이 주어지나 보다.

하루는 오릇이 이런 이야기를 들려줬다. 어떤 사람

이 세금을 피하기 위해 그림에 덧칠을 해서 국내로 들여왔
단다. 그는 전문가를 고용해 칠을 벗겨냈는데 또 다른 겹
이 있었고, 두 번째 겹도 벗겨냈는데 세 번째 겹이 있었다.
원본이라는 건 처음부터 존재하지 않았던 것일 수도. 나의
일기는 벗겨도 진짜 얼굴을 보여주지 않는 이상한 그림이
되어버렸다.

　　아이오와에 올 때 《어떤 나무들은》을 관광책자처럼
참고할 요량으로 챙겼다. 30년이나 흘렀지만 IWP의 전체
적인 얼개는 유사하니까. 코럴빌 헌옷 가게에서 옷을 저렴
하게 구매할 수 있다는 것, 올드 캐피톨 몰에 각종 편의 시
설이 있다는 정보 등 몇 가지 유용한 정보를 얻기도 했다.
하지만 나는 아이오와에서 돌아온 이후에야 제대로 된 도
움을 받게 된다. 새로운 정보를 알게 된들 이제는 소용이
없지만 나는 무엇을 후회하고 그리워해도 되는지 이 책으
로부터 힌트를 얻는다. 가령, 최승자는 〈아이오와 매거진〉
과 숙소에 설치된 TV의 도움으로 영어를 공부했다고 한
다. 나는 아쉬워한다. 〈아이오와 매거진〉을 찾아볼걸. TV
를 한 번이라도 켜볼걸. 이런 사소한 후회를 누린다. 최승
자의 일기에서 헌티드 북숍을 마주치면 자연히 에바와 코
토미와 그곳을 방문했던 날이 떠오른다. 같은 방을 썼다
는 피지 작가는 메리 할머니를 떠올리게 한다. 그의 일기

를 읽는 것은 나의 미래나 현재가 아닌, 나의 과거에 영향을 미친다. 모든 게 다 지나가버린 자리에서 다시 읽기. 그러니 그의 책을 읽으면 온통 글쓰기 부스러기로 주변이 지저분해진다. 이건 책이 아니라 소보루 빵이다.

타인의 일기와 나의 일기를 대조함으로써 나는 어떻게 과거를 살아내야 하는지를 알게 된다.

입시 설명회

자메이카 작가 야시카와 남아프리카 공화국 작가 부시는 아이오와 MFA에 지원하기로 했다. 둘 다 영어로 시를 쓰고, 공식어도 영어이니 충분히 가능할 것이다. 내가 영어로 시를 쓰는 것에 관심이 있는 걸 알기 때문에 야시카가 입시 설명회에 같이 가자고 제안했다. 아이오와까지 와서 입시 설명회를 듣게 될 줄이야.

"자기소개서는 정말 이상하고 열받는 장르야."

강사가 말했다.

아이오와 MFA는 미국에서 가장 유명해서 매년 엄청난 수의 지원서가 쏟아지고, 합격률은 4퍼센트 이하라고 한다. 하기야 유명한 작가들은 죄다 아이오와 MFA 출신이다. (제임스 테이트도 이곳 출신이다.) 그래서 자부심도 엄청난 모양이다. 나는 내심 속상했다. 아이오와 MFA가 꼴찌면 좋을 텐데. 그러면 내가 갈 텐데! 영어로 쓴 원고를 우편으로 접수해야 하고, 그 외에 자기소개서와 이력서, 추천서 그리고 기타 서류를 제출해야 한다. 설명회는 자기소개서 작성법에 관한 내용이 주를 이루었다. 하지만 가장 중요한 건 시 원고이고, 최종심에 올라야 자기소개서를 읽고, 그다음 추천서를 읽는 순이니 자기소개서와 추천서에 너무 큰 공을 들이지 말란다.

"그리고 부탁하건대 제발, 자기소개서에 너의 정신과 이력 좀 쓰지 마. 네 인생 얼마나 X 같은지도 설명하지 마. 이미 시 원고에 다 녹여놨잖아?"

강사가 너무 냉정하게 말해서 기가 죽었다.

"자기소개서에 너무 많은 기대 하지 마. 자기소개서와 추천서에서 우리가 기대하는 것은 네가 좋은 커뮤니티 멤버가 될 것이라는 점, 네가 열심히 공부할 것이라는 점, 그리고 문예창작학과 건물에 화재를 내지 않을 거라는 점이야. 그것이면 충분해. 다시 강조하지만, 원고가 좋아야 해. 더 떠들고 싶다면, 너의 글쓰기에 어떤 작품이 영향을 줬는지, 그리고 강사 이력이 있는지, 그 정도만 덧붙여."

입시 설명회에 참여한 사람들 중에 동양인은 나 하나였고, 아마 그중 내가 영어를 제일 못할 것이다.

"그리고 라이팅 샘플 말인데, 제발 건축하지 마. 책 투고하는 게 아니잖아? 기승전결을 만들려는 생각일랑 말고 네 시 중에 좋은 시를 맨 앞에 배치해. 세 편 읽고 별로면 더 안 읽으니까. 뒤로 갈수록 발전하는 모습 같은 거 보여주지 마."

'오… 용두사미 권법… 발전은 금물….' 나는 노트에 필기했다.

내 경우 제출할 시는 직접 영어로 번역하고, 몇 편의 시는 영어로 써야 한다. 지인들에게 물어보니, 아마 합격할 확률은 매우 낮을 거란다. 미국에서 대학을 나온 것도 아니고 우리나라가 영어를 공식어로 사용하는 국가도 아니니, 그런 학생을 뽑는 경우는 거의 없다고. 더구나 시 부문은 더 어려울 것이라고. 그럼 아이오와에 어떻게 오지? 돈을 많이 벌어서 아이오와에 집을 사면 가능할까?

지금 글의 시점에서 벽돌로 밀어 미래로 가보자. 한국에 돌아가기 전에, 나는 지인에게서 미국 대학원 입시 관련 서적을 선물받았다. 그리고 자기소개서의 첫 줄이 아주 강렬해서 합격했다는 사람의 이야기를 들었는데 지원서의 첫 줄은 이것이다.

"제 인생은 감옥이었습니다… 전 이제야 감옥에서

나왔습니다…"

오… 감옥 권법…. 나는 머릿속으로 자소서의 첫 문장을 끄적였다.

'제 인생은 동굴이었습니다. 전 이제야 동굴에서 기어나왔습니다…'

입시 설명회를 듣고 돌아와서 과카몰리를 먹으러 갔다.

미안하다고 말하지 마요

경주 커피 플레이스에서 '문보영 커피 드립백'을 미국으로 보내주었다. 나눠 먹으려고 커먼룸에 가져다두었는데, 순식간에 사라졌다. 문자를 읽은 에바가 5분 뒤에 커먼룸에 내려갔는데 동이 났다고. 발 빠른 작가들이 후다닥 내려가서 집어간 것이다. 한 통은 드립백 겉면에 내 시가 프린팅된 것이고, 한 통은 일반 커피이다. 존 스캇은 구글 번역기로 그 글을 돌려보고는 시가 정말 뷰티풀하고 엄청난 영혼이란다. 그런데 존 스캇이 집은 드립백은 커피 원두에 관한 설명이 적힌 일반 드립백이었다. 그걸 보고 사람들이 '그건 문의 시가 아니다, 너 바보냐' 하는데, 시로 오해할 만하다. 그 글이 내 시보다 나은데다가, 아름다웠으니까. 드립백에 적힌 글은 한국어로 쓰인 것이니 아무도 읽지 못할 거라 생각하고 갖다놓은 건데, 다들 참 쓸데없이 성실하다.

　조식 룸은 9시 30분까지 열려 있다. 내가 그전에 모자를 푹 쓰고 나타나면, 사람들이 놀란다. 케빈은 "아침에 왜 달이 떴어?" 하고 놀리고, 노엘은 "장하다 우리 딸, 10시 전에 일어나다니" 하며 나를 와락 껴안아준다.

　나는 요즘 일기를 아주 아주 많이 쓴다. 내가 깨달은 건 난 행복해도 된다는 것이다. 난 행복해도 슬픈 시를 쓸 수 있고, 행복해도 행복한 시를 쓸 수 있고, 행복해도 별로인 시를 쓸 수 있고, 행복해도 멋진 시를 쓸 수 있다. 사랑이 많으면 나는 더 많은 것을, 그리고 더 좋은 것을 쓸 수 있다. 행복할수록 나의 영혼은 더 세분화될 수 있음을, 시인이지만 나도 행복해도 된다는 걸 알아버린 것이다. 난 사랑받아야 하고, 사랑해야 한다.

　전봇대 앞에서 몽 씨를 보내주던 날을 떠올린다. 아주 흐린 날이었는데, 비가 와서 슬퍼 보였다. "몽 씨, 아이스크림 사줄까요?" 하니 희미하게 웃는다. 겨울이 너무 춥다고 고개를 절레절레 젓는 친구. 상석 교수님, 몽 씨, 위스콘신에서 온 드라이버 존. 아이오와에 남겨질 사람들. 상석 교수님의 주선으로 과학 도서관에서 강연을 하고 다운타운에 있는 브런치 가게에 갔었다. 교수님은 한국에서 온 작가들을 매해 성심성의껏 챙겨주신다. (상석, 정아 교수님은

255

나를 집으로 초대해 만찬을 차려주셨고, 낭독회까지 와서 응원해주셨다.) 교수님에 의하면, 작가들은 아이오와를 아주 그리워할 것처럼 하지만, 막상 돌아가면 깔끔히 잊고 잘만 살아간단다. 다시 아이오와를 찾아왔던 사람은 단 한 명. 최정례 시인이었단다. 결국 아이오와는 경유지 같은 곳. 이곳에 정착해서 살고 싶어 하는 사람은 없고, 다들 떠나고 싶어 한다. "저는 아니에요!" 나는 항변했다. 저는 그 누구보다 아이오와를 그리워할 자신이 있어요. 진짜예요!

난 요즘 하루에도 두 번씩 운다. 어제는 프레리 라이츠 서점에서 에바의 리딩이 있었다. 에바는 개에 관한 소설을 읽었다. '개는 주인이 오면 알아본다'라는 문장을 읽었는데 개가 짖었다. 왈! 왈! 응답이라도 하듯이. 서점 2층에 개가? 누구는 개를 보았고 누구는 보지 못했다. 사람들이 키득거리는데 나는 이해가 가질 않았다. 사람들은 왜 아무렇지 않다는 듯이 웃는 거지? 시간이 우리를 이렇게 짓밟고 가버리는데? 또 이런 일도 있었다. 마지막 단체 사진을 찍을 때였다. 작가들이 너무 산만해서 사진사가 애를 먹었다. 그래서 카르멘이 염라대왕 눈썹을 장착하고는 대형과 배열을 맞추느라 진땀을 흘리는데, 작가들은 들은 체도 안 하고 불안정한 음정으로 휴스턴의 노래를 열창했다. 또 눈물이 또르르 흘렀다. 작가들이 노래를 엉망으로 불러서.

상석 교수님에게 이 이야기를 하다가 갑자기 또 눈물이 맺혀서 휴지로 닦았고, 창가의 햇살에 눈물은 금방 말랐다. 사진 찍다가도 울고, 낭독회에서도 울고, 하여간 돌아가는 얘기만 나오면 그렁그렁 눈물이 맺힌다. "사과 따러 갔어요?" 상석 교수님이 물었다. "제가 사과를 따러 간다고 했나요? 어디로?" 이런 시시껄렁한 이야기를 하다가, 또 아이오와 겨울 이야기가 나왔는데, 4시가 되면 해가 지는 건 기본이란다. 벌써 일조 시간이 짧아졌다.

또 다른 친구는 아이오와의 겨울이라면 치를 떨면서, 눈으로 덮인 아이오와 사진을 보여줬었다. (그런데 차 키에 달린 키링은 아이오와 옥수수.) 결국 아이오와는 경유지 같은 곳. 모두가 떠나는 곳. 이곳에서 삶을 꾸리고 싶어 하는 사람은 없다. 한 작가는 아이오와는 보수적인 주인데다 반 퀴어 법까지 있기 때문에 여기서 살 생각은 없다고 했다. 흑인 작가들은 뉴욕이나 시카고와 같은 대도시를 선호하는데, 아이오와는 백인 비율이 너무 높고 다양성이 부족하기 때문이다. 이 식당도 학교에서 불과 5분 거리일 뿐인데도, 동양인은 나와 상석 교수님 둘뿐이다. 그러나 대부분의 사람들이 아이오와를 견디지 못하는 이유는 지루함 때문이다. 깡시골인데다 미국 사람들도 'middle of nowhere(오지 중의 오지)'라고 부를 정도니까. 내 생각엔

257

지루함의 개념이 나와 다른 것 같다. 그 지루함이 나를 치유하고 있는데 말이다. 며칠 전, 작가들이 인근 주로 주말에 놀러가자 했을 때, 나는 말을 흐렸다. "저는 남은 삶을 아이오와에서 정리하고 싶어요. 최대한 아이오와를 떠나지 않고 싶어요." 살날이 2주밖에 남지 않은 사람처럼 나는 말하기 시작했다. "여기서, 남은 시간 동안 당신들을 포함해 소중한 사람들을 1분이라도 더 보고 싶어요. 그들에게 사랑한다고 말하고, 그동안 정말 고마웠다고, 당신들은 당신들이 생각한 것보다 더 많은 걸 내게 주었다고, 당신들이 나의 스승이었다고 말할 시간조차 부족하게 느껴집니다."

저녁에는 에바가 쓴 오페라 《우먼 라이크 어스Women like us》를 관람했다. 제니퍼가 영어로 자막을 번역하고 존이 작은 극장을 대관했다. 여주인공은 결혼을 한다. 그런데 진짜 사랑하는 사람은 따로 있었다. 그녀는 둘 사이를 갈등하다가 진실된 사랑을 택해 떠나지만 도착한 곳은 묘지였다. 에바는 이 오페라의 대본을 광둥어로 썼다. 오페라에서 만다린어가 아닌 광둥어를 사용하는 경우는 이례적이기에 무대에 극을 올리기까지 많은 난관이 있었단다. 광둥어에서 '미안해'는 성조가 하강했다가 상승하므로 배우들이 노래를 부를 때 방해가 된단다. 그래서 에바는 주인공으로 하여금 미안하다는 말을 하지 않도록 조정했다. "'미안해'라고 말하는 대신 저는 다른 대사를 16줄 추가했어요. 그래서 여러분은 이 이야기에서 'sorry'라는 단어를 찾지 못할 겁니다." 작가는 등장인물이 세상에 사과하지 않을 수 있도록 최선을 다했다.

사랑이 있다면

　　노엘은 이미 짐을 싸고 있다. 슬슬 집에 가고 싶다고. 아이오와에 남겨질 사람도 아닌데 내심 서운하다. "집에 왜 가고 싶어?" 내가 묻는다. 코토미는 툭하면 며칠 남았는지 알려주는데 그럴 때마다 나는 상기시키지 말라고 사정한다. 짐을 싸기 시작하면 정말 돌아가는 기분이 들 것 같아 최대한 미루고 있다.

　　다운타운에서 길거리 공연을 보고 있었는데 오릿과 넥타리아가 나를 발견하고 뒤에서 와락 포옹했다.

　　-엄마!

　　오릿을 엄마라고 부르면 그녀는 나를 노려본다. 반대로 노엘은 "우리 딸 이리 오렴" 하고 안아준다.

　　넥타리아는 큰 개를 키우고 정해진 식습관을 지켜야 해서 호텔에 살지 않는다. 그녀를 집까지 바래다주고 오릿과 강을 걸었다. 오늘 오릿은 신기한 일이 있었단다. 식당에서 어떤 여성과 눈이 마주쳤는데 눈빛이 형형해서 그녀에게 합석을 제안했다는 것이다. 그런데 알고 보니 그녀는 며칠 전 오릿에게 행사 초청 메일을 보낸 사람이었다. 운명이 아니겠느냐고 오릿은 말했다. 그런데 여자가 들려준 이야기는 더 흥미로웠다. 변호사인 그녀의 남편은 몇 년 전 은행 강도의 변호를 맡았다. 그런데 그 은행 강도를 변호해주다 서로 눈이 맞아서 떠나버렸단다. 오릿은 강냉이 조각 같은 이야기들을 내게 들려주었다. 그녀는 이미 짐을 다 쌌을 것이다. 일찍 아이오와를 떠나니까. 그 소식을 내게 전하며 'let's hug throughout the day'라는 문자를 보냈다. 'throughout'은 한국어로 번역이 잘 되지 않는다. '온종일 포옹하자'라는 말로는 부족하다. 'throughout'에는 어딘가 즈려 밟는 느낌이 있다. 정성스럽게 쓴 손편지를 봉투에 넣고 침을 발라 모서리부터 꾹 눌러 동봉하는 그런 느낌이 있다.

-그런데 넌 왜 한국에 가기 싫니?

오릿이 물었다.

-모르겠어, 설명하기 힘들어. 몸과 영혼이 아파.

-왜 그럴까?

-그러는 넌 돌아가고 싶어?

-응. 이제 슬슬 지겨워. 아이들도 돌봐야 하고.

-어떻게 지겨울 수 있어?

-물론 아이오와는 마법적인 공간이지. 한 계절 동안 우리의 삶과 잠시 동떨어질 수 있어서 좋았고. 하지만 너의 삶은 한국에 있잖아.

나는 그 말이 지겨웠다.

-내 삶이 어디에 있는데.

-한국에?

나는 대답하지 않는다.

-너 뭔가 잊고 싶은 게 있니?

-글쎄?

-아이오와에서는 그걸 기억하지 않아?

-생각이 옅어져.

-그러면 넌 외면하고 있는 거 아니야?

-이곳이 좋은 건 기억을 잊게 되어서가 아니야. 난 천천히 다시 기억하게 되었어.

오릿은 잠시 검은 강을 바라봤다. 그러다가 들판을 보고, 사슴이 없어도 계속 걸었다.

-아이오와는 네가 그걸 잊도록 널 관대하게 만들고, 네가 그걸 충분히 기억할 수 있도록 돕는다는 거구나(Iowa is generous enough to forget things and sup-

262

portive enough to remember things).

나는 그 말을 기록하고 싶었다. 그리고 한국어로 번역하고 싶었다.✦ 그런데 잘 되지 않았다.

✦ 〈실패한 번역의 흔적〉

1. 아이오와는 네가 잊고 싶은 걸 잊도록 널 관대하게 만들고, 네가 충분히 기억할 수 있도록 돕는다.

2. 아이오와는 잊어버릴 것들에 대해 관대하며, 충분한 기억을 격려한다.

3. 아이오와는 무언가를 잊을 수 있도록 널 너그럽게 만들고, 그것을 다시 기억할 수 있도록 지지한다.

4. 아이오와는 잊음에 있어 관대하며, 기억에 있어 지원적이다.

5. 아이오와는 망각과 기억에 있어서 너의 지지자다.

6. 나는 아이오와를 사랑한다.

공룡이 다가와

일기를 쓰는 행위는 나를 잠재우지만, 연필로 쓰면 속도가 더뎌서 그날 있었던 일을 모두 기록하지 못한다. 그래서 매번 느리고 가성비 없는 일기를 쓰게 된다. 하지만 나는 이곳에서 일은 안 하고 종일 일기만 쓰기 때문에 아마 남들보다는 분량상 많은 일기를 쓰고 있을 것이다. 코토미는 자기 전에 매일 일기를 쓴다고 했다. 일본에서는 거의 쓰지 않지만 아이오와에서는 매일 많은 일이 일어나고, 나중에 기억할 수 없을 것 같아서 그때그때 최대한 많이 기록해둔다고. "일시적 일기 중독자네. 나는 만성 일기 중독자인데." 나는 말했다.

코토미가 뭐하냐고 문자를 보낼 때 나는 열에 아홉은 자바 하우스에서 일기를 쓰고 있다. "아직 하루가 시작되지도 않았는데 일기를 써?" "응. 나는 아침에 일기를 써야 잠이 깨." 반면 코토미는 일기를 쓰면 잠이 든다고 했다. 코토미가 밤에 일기를 쓰고, 내가 아침에 일기를 쓰는 건, 그녀가 자기 전에 샤워를 하고, 나는 아침에 샤워를 하는 것과 모종의 상관관계가 있을지도 모른다. 코토미는 그다지 일기 쓰기를 즐기는 것 같지는 않다. 매번 피곤하다고 하니까. 아마 약간의 의무감을 갖고 그날의 일을 시간순으로 기록하는 성실한 일기를 쓸 것이다. 나 역시 언젠가 그런 일기를 쓰고 싶지만, 그리고 이곳에 오기 전 최승자 시인의 아이오와 산문집을 읽고 꼭 그런 일기를 써보자 다짐했지만, 일기를 시간순으로 쓰는 것은 일찌감치 포기했다. "네 삶을 순서에 맞게 묘사하는 일은 무의미한 일일 것이다. 나는 너를 무작위로 기억한다. 주머니에서 구슬을 골라 꺼낼 때처럼, 내 머리는…"[*]이라던 르베의 문장처럼. 일기를 쓰면서 내게 시간은 점점 더 흐릿해질 뿐이다. 같은 페이지에서 그는 덧붙인다. "마치 3차원으로 사물을 바라볼 때처럼 시간을 인지했고, 동시에 그것의 모든 면을 보려고 그 주위를 돌았다." 그 문장을 읽고 나는 파랗게 얼어버린다. 또한, 문장을 읽는다고 쓸 때 '문장을 잃는다'라고 오타를 내도 상관없다. 읽는다는 건 잃는 것이기도 하

---

[*] 에두아르 르베, 《자살》, 한국화 옮김, 워크룸프레스, 2023, 41쪽.

265

고, 쓰는 것 또한 잃는 것이기도 해서, 일기를 쓸수록 나는 가벼워지고 아무것도 말하지 않은 상태에 더욱 가까워진다. 그러기에 사실에 기반한, 시간순으로 그날을 정리하는 일기를 쓰지 못하는 건 가벼움을 향한 나의 욕망 때문인지도 모른다.

"어휴, 일기는 너무 시간을 많이 잡아먹어." 코토미는 매번 말한다. 일기는 그녀를 지치게 하나 보다.

사랑이 있을 때 많이 써둬야 한다. 사랑이 있어야 묘사의 눈을 갖게 되기 때문에 만상을 'devour'할 수 있다. 'devour'이라는 단어는 '게걸스럽게 먹어 치우다'라는 의미이다. 이 단어는 가오나시가 사물과 음식을 닥치는 대로 먹어치우는 장면을 상기시켜 쿡 웃음이 나온다.

몇 달 전, 연극으로 만들 작품을 모집하는 공고문을 보고 소제가 번역해준 시 〈모래비가 내리는 모래 서점〉을 투고했었다. 그 작품이 아이오와에서 작은 연극으로 각색되었는데 뉴욕 낭독회 때문에 공연을 보러 가지 못했다. 감사히도 무대를 대신 촬영한 코토미가 영상을 보여주었다. 그 영상을 보고 코토미와 버지 마켓에 가서 조각 피자와 당근 샐러드, 인도 카레밥, 생강을 곁들인 캘리포니아 롤에 초코 아이스크림까지 먹었다. "너 피곤해 보여." 코토미가 말했다. "요즘 식욕이 없어." "왜 기운이 없어? 마음이 아파서 그래?" "내 마음이 왜 아파?" "그건 나도 모르지." 숙소로 돌아가는 길에 코토미가 강가를 산책하지 않겠느냐 물었다. 걷기를 싫어하는 친구인데. 그래 걷자. 강과 언덕 사이의 좁은 길을 걷는데 포클레인이 다가왔다.

-공룡이다.

내가 말했다.

-공룡이 어딨어.

-저기 있잖아.

-쿡.

-네 생각에 저 공룡이 우리에게 다가올 것 같니?

-아니.

-다가올걸.

-글쎄. 그냥 거기 멈출 것 같은데.

-야야, 온다.

-진짜 오네.

불화하는 가족

9시 30분경에 일어나 샤워하고, 우체국에 가서 영문 문례터를 보냈다. 몽 씨가 번역한 《일기시대》의 한 꼭지를 포장해 미국 독자들의 집으로 배송했다. 다운타운에 있는 작은 우체국의 입구는 키 작은 관목으로 꾸며져 있고, 언제나 손님이 없다. 구석에는 다양한 사이즈의 박스와 봉투가 진열되어 있는데 매트리스와 침대보도 판다. 미국인들은 침대보도 봉투로 인식하는 걸까? 이렇게 생각해보자. 이불은 봉투고, 우리는 그 봉투에 넣어지는 글이라고. 잘 때마다 우리는 어디론가 전송되는 편지가 된다고.

이불 이야기를 하니 집을 지키고 있을 우기가 보고 싶다. 늘 나보다 일찍 기상하는 우기는 말려 올라간 내 잠옷 바지의 밑단을 잘 펴서 수면 양말 안으로 끼워준다. 그래야 내가 꿈에서 기동력을 잃지 않는다는 걸 알기 때문에. 그다음, 내 이불과 자신의 이불을 포개서 두 겹으로 만든다. 그러면 나는 꿈에서 2차전을 시작할 수 있다.

뉴욕에 다녀온 사이에 아이오와에는 완연한 겨울이 당도했다. 차가운 공기가 명징하게 이마에 닿는다. 아프리카 작가들은 돌아가기 전에 눈이 오기를 기도한다. 한 번도 눈을 본 적이 없다고. 눈이 온다면 우리는 아이오와에서 여름, 가을, 겨울 세 계절을 경험한 게 될 것이다. 무시무시하다는 아이오와의 겨울을 맛보기로나마 경험하고 싶다.

종일 바쁘다! 고작 한 계절을 살았을 뿐인데, 정리할 게 어쩜 이렇게 많은지. 도서관 책 반납하기, 사서에게 책 분실 자수하고 필요한 절차 안내받기, 병원비 지불하기, 인쇄물 출력 비용 내기, 기타 행정적인 문제 처리하기. 하지만 잘 정리하고자 한다. 마무리를 잘하고 싶으니까.

다들 비슷한지 아이오와 하우스 호텔은 오늘도 어수선하고 정신이 없다. 복도에 있는 작가 전용 쓰레기통은 꽉 차서 주변이 지저분하다. 복도에서 마주친 작가들은 어딘가 얼이 빠진 얼굴들이다. 국제 문학 수업에 가는 길에는 한 작가를 마주쳤는데, 마지막 주에 왜 이렇게 이벤트가 많으냐고 불만이다. 피드백을 할 기회가 있다면 건의할 거라고. 돌아오는 길에는 또 다른 작가와 마주쳤는데, 다들 왜 이렇게 마지막 순간을 망치는지 이해가 되지 않는단다. 가는 길에는 불평하는 작가를 만나고 돌아오는 길에는 불평하는 작가에 관해 불평하는 작가를 만난다. 채팅방 역시 온갖 불만과 문제제기로 불타고 있다. 몇몇은 관계 유지를 아주 포기한 것 같고, 돌아가는 날까지 어떠한 행사에도 참석하지 않을 거라고 못 박았다. 전쟁으로 IWP 작가들 간에도 미묘한 기류가 흐른다. 어떤 작가는 여러 나라의 의견을 종합적으로 들어볼 수 있는 이런 프로그램에서 전쟁에 관해 자유롭게 토론해보지 않겠느냐는 의견을 피력했고, 어떤 작가는 당사자들의 입장은 고려하지 않느냐고 답했다. 어떤 작가는 비행기를 타는 순간 단체 채팅방부터 탈출할 거라고도. 작가들의 마음을 대변하기라도 하는 듯 보스니아 작가 센카가 이런 메시지를 보냈다.

"다들 잠들었으리라 생각합니다. 저는 너무 피곤해서 오히려 잠이 오지 않네요. 불면이 저를 몇 가닥의 생각으로 이끌었습니다. 시간이 정말 조금밖에 남지 않았어요. 이 프로그램이 오해로 가득한 한 편의 드라마였다는 사실에 다들 동의할 거예요. 참으로 이상한 경험이었다고요. 우리는 마치 불화하는 대가족 같았습니다. 하지만 가족은 가족이지요. 이 경험을 통해 서로의 가장 좋은 면과 최악의 면을 속속들이 알게 되었으니까요. 음, 그러니 우리 마지막으로 뭉쳐보지 않겠어요? 지하실에서 마지막 파티를 하는 거예요. 우리가 가장 사랑하는 그 지하실 말이에요. 차이를 극복하고, 서로를 연민하던 그 공간 말이에요…. 아, 물론 지금 제가 하는 말이 다소 꼰대처럼 들리는 걸 알고 있지만, 난 분명 그런 사람이 맞지요…."

이 메시지에서 모든 작가가 나처럼 만족한 것은 아니며, 저마다 다른 시간을 보냈다는 사실을 짐작할 수 있었다. 왜 이렇게 신경이 곤두섰는지, 다소간 지쳐 보였는지. 아마 저마다의 속사정이 있었겠고, 공동생활에 대한 염증도 한몫했을 것이다.

센카의 파티(총 일곱 명이 모였다)를 다녀온 뒤, 내 방에서 코토미와 담소를 나누었다. 코토미는 작가들이 이 생활에 불만을 품는 것을 이해한다. 유럽이나 미국에서 살았던 작가들에게 이곳은 그리 새로운 환경이 아닐 거라고. 반면 우리에게는 모든 게 새롭고 영어 공부의 의미도 있지 않느냐고. 그래도 코토미는 이제 일본으로 돌아가고 싶단다. 안 그래도 코토미는 일정상 일찍 돌아간다.

나는 미국에 다시 오고 싶다고 말하고, 코토미는 매번 놀란다. "너, 진심이구나?" 나는 아이오와에서 대체로 잠을 잘 잤다. 물론 IWP 작가 중에 가장 늦게 취침하는 사람이 나였지만 평균적으로 새벽 4시 이전에는 잠든 것 같다. 하지만 그건 달의 운명이다. 내 이름이 해였다면 일찍 일어났겠지. (나는 나의 이름을 수행하고 있을 뿐이다.) 한국에서도 주로 새벽 3, 4시에 자고 잠이 올 때까지 괴로워하지만 이곳에서 나는 4시가 오기를 아름답게 괴로워하며 기다릴 수 있다. 나는 내가 무언가를 기다릴 때 아름다울 수 있다는 사실 또한 발견했다. 이제 더 이상 불면이 무섭지 않다. 그 말을 듣더니, 코토미도 일본에서 잠시 벗어나서 일시적으로 행복했다고 했다. 하지만 다시 아이오와에 올 생각은 없어 보였다. "너도 잠시 한국에서 벗어나서 좋았던 걸 거야" 코토미는 말했다. 하지만 나는 한국에서 벗어나서 행복했던 건 아닌 것 같다. 아이오와가 아니었다면, 이렇게 잘 지내지는 않았을 것 같다. 난 한국으로 돌아가는 것을 현실로 돌아가는 것이라고 생각하지 않는다. 반대로, 이곳에서 발생할 수도 있을 나의 진짜 삶을 등지고 칼부림이 난무하는 판타지의 세계로 복귀하는 기분이 들곤 한다.

-난 아직 비행기표 시간도 확인 안 했어.

내가 말하자 코토미는 너답다는 듯이 쳐다본다. 코토미는 내게 치즈 불닭볶음면과 안성탕면 순한 맛을 주었다. 매운 걸 못 먹는 코토미인데, 누가 맵지 않은 한국 라면이라며 선물했단다. 답례로 나는 코토미에게 헌티드 북숍에서 산, 달이 그려진 수첩을 줬다. 속지에는 달에 관한 정보가 상세하게 적혀 있다.

-It's about me.

코토미는 떠나던 날 아침 내 방문 아래 긴 편지를 밀어 넣고 갔다.

편지의 말미에는 '만나서 반가웠습니다! 또 만나요!' 라고 한국어로 적혀 있었다.

내 이름은 아이오와

아침 일찍 눈이 저절로 떠져서 조식 룸에서 포도잼과 구운 빵을 가져와 창가에서 먹었다. 날이 흐리고 어제보다 쌀쌀해졌다. 오후에는 우천 소식이 있다. 그래도 흐린 날씨가 마음에 들었다. 집에 가야할 것 같은 분위기여서. 쨍쨍하면 아이오와가 아랑곳하지 않는 느낌일 것 같다.

샤워를 하고 마지막 과제를 위해 다운타운으로 출발했다. 아이오와 백팩 사기. 대학 도시여서 그런지 걷다 보면 다섯 명 중 한 명꼴로 아이오와 백팩을 메고 있거나, 아이오와 티셔츠를 입은 사람을 마주칠 수 있다. 좌우, 모퉁이, 맞은편에서 아이오와가 다가온다. 말 그대로 사방에서 아이오와가 출몰한다. 은행원도, 마켓 점원도 아이오와 티셔츠를 입고 있다. 그런데 아무리 뒤져도 아이오와 백팩을 살 수 없었다. 대신 수양 언니와 해솔이 그리고 인력거에게 줄 다이어리와 키 체인 등 몇 가지 기념품을 산 뒤, 자바 하우스에 들러 모카라떼를 테이크아웃하고 곰 형님에게 절하고 나왔다.

오늘은 아이오와 공공 도서관에서 '이미지 오브 아메리카 오픈 마이크Image of America open mic'라는 마지막 행사를 한다. 오픈 마이크의 뜻을 행사를 마치고 나서야 알았다. 정해진 순서나 가이드라인 없이, 아무나 나와서 마이크를 잡고 말하는 걸 의미했다. 미국의 첫인상, 그리고 IWP 경험담, 감사 인사 등을 공유하는 시간이었다.

카르멘이 말했다.

"정신건강들 잘 챙겨라(Be careful with your mental health)."

야스히로가 말했다.

"미국에 대한 나의 인상을 정직하게 말해야겠습니다. 가장 충격적이었던 것은 아이오와 하우스 호텔의 변기 소리였습니다. 물 내리는 소리가 너무 시끄럽고 파워풀해서, 나는 뭔가 폭발하는 줄 알았습니다. 특별한 형태의 흡입 장치를 장착한 우주선의 변기인 줄 알았다고요! 이게 다가 아닙니다. 횡단보도에 서 있는 전봇대 말입니다.

거기 버튼이 있지요? 그 버튼을 누르면 보행 신호로 바뀌는 건 나도 압니다. 문제는 소리입니다. "Wait! Wait!" 그 음성이 너무 무섭고 경박해서 집에 돌아가도 한동안 귀에서 맴돌 것 같습니다. 무슨 일을 할 때마다 말이죠. "Wait! Wait!" 그런데 진짜 하고 싶은 이야기는 조끼를 입은 시인에 관한 겁니다. 여러분이 아는 바로 그 사람(크리스 메릴) 말이죠. 어떻게 그는 매일 조끼를 입을 수 있을까요? 그것도 똑같은 조끼를요! 이 정도면 시인이 조끼를 입은 건지 조끼가 시인을 입은 건지 모르겠습니다. 어느 날 소설가가 와서 그 사람을 데리고 갔습니다. 그 사람은 스토리가 필요해서 시인을 데려갔죠. 이제 낡은 조끼만 남겨졌습니다. 이것이 미국에 대한 나의 인상입니다."

수네스트가 말했다.

"미국에 대한 제 첫인상은 이러합니다. 미친, 여기 왜 이렇게 더워? 나 아프리카에서 왔는데?"

에바가 말했다.

"이건 문과 함께 산 형광 오리입니다. 아이오와에 온 첫 주, 우리는 이 오리 인형을 샀어요. 이것이 우리 인생에 필요하다는 걸 아니까요. 고마워, 1달러 오리!"

수얼이 말했다.

"저는 혼자 많이 돌아다녔습니다. 하루는 어느 농장에 방문했습니다. 그리고 농부의 집에 초대받았습니다. 그는 정말 친절했죠. 그 사람은 왕년에 시인이었고, 알고 보니 아이오와 작가 워크숍 출신이었어요. 당시 그는 유망있는 젊은 작가였는데 돌연 마음을 바꾸어 농사를 짓기 시작했대요. 저는 가끔 이런 농담을 하곤 합니다. "글쓰기가 잘 안 풀리면, 그리고 앞길이 보이지 않으면 농사나 짓고 살아야지"라고요. 물론 농담이죠. 며칠 전에도 라울이 이런 이야기를 했어요. "나중에 농부가 되어야지." 그래서 제가 말했어요. "헛소리 하지마라." 농사가 어디 뭐 쉽습니까? 저는 그와 이야기를 나누기 전까지만 해도 작가가 농부가 될 수 있는지 몰랐습니다. 그런데 그냥 하면 되는 거였습니다. 그리고 그와 이야기하면서 알았습니다. 글쓰기보다 더 중요한 것이 있다면, 그건 그냥 내가 되는 것이라는 걸, 누구의 기대도 충족할 필요가 없다는 걸요. 그래서 저는 이제 압니다. 난 언젠가 정말 농부가 될 수도 있다는 걸요."

마르셀라가 말했다.

"난 오늘 아침에 요가 선생님에게 작별 인사를 하러

갔고요, 어제는 재미난 꿈을 꾸었습니다. 한 손에 오렌지를 쥐고 있는 꿈이었죠. 사람들이 물었어요. "너 그거 어떻게 하고 있는 거야?" 내가 말했습니다. "난 항상 과일을 들고 있었어. 나눠 먹으려고." 그리고 아름다운 파티장으로 향했습니다. 노란 조명 아래 사람들은 놀고 있었고, 난 여전히 오렌지를 들고 있었습니다. 그때, 우주 소년들이 나타나 이런 말을 했습니다. "Nobody can take a part the way that everyone wants to ***(이해하지 못함)." 미친. 이게 내 마지막 꿈이라니!"

야시카가 말했다.

"아… 정말 어렵습니다. 정말… 어렵네요… 난 고향에 관한 많은 이야기를 씁니다. 집을 향한 여정은 끝이 없는 것 같아요. 난 여전히 찾는 중입니다. 그러나 이러한 사실을 상기할 때 나는 조금 가벼워집니다. 집이라는 것이 반드시 물리적인 공간일 필요는 없다는 사실, 그것이 반드시 장소의 형태일 필요는 없다는 것, 고향은 복수의 공간일 수 있으며, 때로는 타인이 나의 고향이 되어주기도 한다는 것, 고향은 상황이거나 사건의 형태를 띨 수 있으며, 당신이 전혀 알지 못하는 타국의 언어가 될 수도 있다는 사실이요. 여러분은 의도하지 않았겠지만, 저에겐 이 시간이 정말 필요했습니다…. 나에겐 이것이 정말 필요했습니다…. 나는 필요했습니다…. 나는 정말 필요했습니다….”

나는 도서관에서 나눠준 피자 몇 조각을 주워 먹고 다시 아이오와 백팩을 사냥하러 다운타운으로 향했다. 다운타운을 샅샅이 뒤졌다. 올드 캐피톨 몰 지하에 있는 아이오와 기프트숍과 아이오와 북에도 재고가 없단다. 매니저도 1년 동안 상품을 입고하려고 했는데 구하지 못했다고 했다. 그렇게 터덜터덜 다운타운을 걷는데, 한편으로 아이오와가 내 백팩을 숨긴 것 같기도 했다. 선녀 옷을 훔친 나무꾼처럼. “내년을 위해서 아이오와가 네 백팩을 숨겼나 봐(Maybe Iowa left the backpack for you to get it next year).” 노엘이 말했다. 다 갖지 못해야 돌아올 테니까. 이런 소심한 생각을 했기에, 그렇게 아쉽지 않았다. 오히려 내 아이오와 백팩을 어딘가에 남기고 떠나는 것 같았다.

숙소로 돌아가는데 방에 들어가기가 두려웠다. 내일 떠난다니. 정신을 산만하게 할 무엇이 필요했다. 그래서 횡단보도에 서 있는 브렌다를 냉큼 따라잡아 인사를 걸었고, 아이스크림을 먹고 싶다기에 따라갔다가, 리버 카페에서 맛없는 새우 토마토 파스타를 먹고 마지막 낭독회에 참석했다. 옆에 앉은 메리를 수시로 껴안았고, 힘이 없었지만 사람들을 최대한 오래 눈에 담았다.

숙소로 돌아와 비행편을 확인하고, 간단하게 목욕을 한 뒤 슬슬 잘 준비를 하는데 루시에게서 연락이 왔다. 혹시 돼지 인형 쿨 가이(말썹러)를 좀 보여줄 수 있느냐고. 자기는 반려 인형을 캐리어에 담아 미리 친구네 집으로 부쳤다는 것이었다. 11시 30분이 넘은 시각이었다. 독립적인 성격의 루시는 늘 혼자 다니고, 사람들과 잘 어울리지 않을뿐더러, 공식 행사에도 얼굴을 잘 비추지 않아 친해질 기회가 없었다. 게다가 누가 신경 쓰든 말든 일관되게 자고 있다. 국제 문학 시간에도 졸고, 낭독회에서도 졸고, 나중에는 대놓고 잤다. 쿠션을 덧댄 안락의자에 고양이처럼 웅크리고 자거나 고개를 뒤로 젖히고 자거나. 첫날 자기소개를 하는 오리엔테이션에서도 의자에 누워 자기에 '저 놈은 뭐지' 싶었다. 그런데 그런 루시가 오늘은 혼자 있으면 안 될 것 같단다.

-그리고 잠이 안 와서….

루시는 작은 원숭이 인형을 말썹러 머리에 앉혔다. 루시는 말썹러가 생각했던 것보다 작다며, 좋은 사람 같단다. 그리고 내게 한국 드라마 몇 편을 추천했다. 〈슬기로운 의사 생활〉과 〈나의 해방일지〉를 재미있게 봤는데, 〈나의 해방일지〉는 전개가 느린 편이지만 스킵하지 말고 음미하며 보라고 했다. 그러더니 자기는 아직 아이오와를 떠날 준비가 안 되었단다. 루시는 내일 아이오와를 떠나 미국 동부 여행을 시작한다. 루시는 생전처음 여권을 사용해봤고, (루시는 오픈 마이크 시간에 말했다. "난 이번에 여권을 처음 써 봤어. 난 서른두 살이거든? 세상을 알기엔 너무 늦었나?") 또 언제 미국에 오게 될지 모르니 다른 주도 방문하고 돌아갈 예정인 듯했다. 프로그램이 끝나고 곧바로 귀국하는 나와 달리 아직 미국에서 보낼 시간이 남아 있는데도 루시는 어쩐지 아쉬워 보였다.

-일주일 정도 아니면 하루라도 남겨둘 걸 그랬어. 다른 주로 이동하기 전에 마음의 정리를 할 시간이 필요한데….

그런데 그 정리라는 건 어떻게 하는 걸까?

-집에 안 돌아가고 싶어?

내가 물었다.

-전혀!

MBTI 검사를 하면 T계열임이 분명한, 로봇 인간 루시에게서 그런 일면을 발견한 것이 내심 반가웠다. 너도 아이오와를 그리워할 거구나, 나처럼. 루시는 내가 아이오와에 다시 공부하러 오기를 바란다고 했다. 루시에게도 오라고 하니 이렇게 말했다.

−I don't want to be educated anymore(더 이상은 교육당하고 싶지 않아).

그렇게 쭈그려 앉아 시시껄렁한 이야기를 주고받았다. 하도 별게 아닌 이야기들이어서 무슨 내용이었는지 기억이 나지 않는다. 그저 시간을 건너야 하는 두 사람이 혼자 있는 게 무서웠기에 잔잔하고 별거 아닌 이야기를 하며 그렇게 있었다. 슬픔의 경착륙을 도모하며.

만약 내가 오픈 마이크 시간에 무대에 오를 기회가 있었다면 나는 무슨 말을 했을까.

종이컵의 결말

아이오와를 떠난다. 어젯밤 루시가 내 방을 다녀가고 바로 침대에 누웠다. 낮까지만 해도 투닥거리더니, 밤이 되자 불화하는 가족은 추억을 마무리하는 덕담을 공유했다. 그동안 고마웠다며 서로의 안녕을 빌어주었다. 대혼돈 잔치였을지언정 다들 마지막만큼은 아름답게 장식하고 싶었을 테니까. 그렇게 우리의 여정도 순탄하게 마무리되는 듯했다. 그런데 새벽 1시 즈음이었을까. 복도에서 소음이 들리기 시작했다. 스무 살 안팎의 무리가 객실 문을 쾅쾅 두드리며 고이 잠든 작가들을 깨워댔다. 그들은 고막이 찢어지도록 노래를 부르며 복도를 질주했고 방문을 활짝 열어놓은 채 음악을 크게 틀고 파티를 즐겼다. 각 층마다 골고루 포진되어 있는 이 고성방가 무리(혹은 원숭이 떼라고 불러도 좋고)로부터 자유로운 방은 없었다. 몇몇 작가에 따르면, 이들은 약을 한 것 같다. 작가들이 제발 조용히 해달라고 소리쳐도 듣는 체도 하지 않았다. 이로 인해 그룹 채팅방은 다시 불이 났다. "내가 원한 결말은 이게 아니었어!" "이거 좀 조치를 취해야 하는 거 아냐?" 작가들은 불평을 늘어놓기 시작했다. 그래, 이게 불화하는 가족이지. 아름다운 마무리보다 이런 결말이 우리에게 퍽 어울리는 것 같았다. 앞으로 잘 지내, 보고 싶을 거야. 그게 진심이든 아니든 봉합을 잘 해두었는데, 마치 이 영화의 속편이 있는 것처럼, 갈등의 씨앗이 움텄다. 단체 채팅방은 예의 활기와 분노로 가득 찼다.

난 그 무리가 유령이었다고 생각한다.

잠을 이루지 못한 작가들의 눈 밑은 다크서클로 칙칙했고, 아이오와를 완전히 떠나는 순간까지도 작가들은 지난 새벽의 고성방가 무리를 욕했다. 그런 소란 속에서 우리는 어물쩍 이별했다.

일찍 눈이 떠져서 자바 하우스에서 커피를 마시고, 산책을 했다. 방을 비우고 로비로 내려가니 아이오와에서 며칠 더 머무는 리타와 에바가 작가들을 배웅하고 있었다. 에바는 나를 보자 울음을 터뜨렸다. 어느새 나도 울고 있었다. 난 늘 중요한 순간에 눈물이 흐르지 않아 애먹는데 로비가 떠나가라 울고 말았다. 내가 한 번이라도 사람

284

들 앞에서 소리를 내며 운 적이 있었던가? 아기가 첫 울음을 터뜨려 자신이 태어났음을 선언하듯, 나 또한 한 번은 울어야 했음을 실감했다. 우리를 공항에 데려다줄 벤은 일찌감치 도착해 있었지만, 작가들이 충분히 울 때까지 기다려주었다. 라울이 아이오와 도서관 책을 겨드랑이에 끼고 있어서, 나는 "너 그거 훔칠 생각이야?" 하고 물었다. 슬픈 말도 아닌데 둘 다 눈에 눈물이 고였다. 우리는 아니까. 아마 평생 다시 볼 일이 없을 거라는 걸. 아주 당연한 사실인데 실감이 나질 않는다.

벤에 탑승해서도 계속 눈물이 흘렀다. 난 그 눈물이 정화수였다고 생각한다. 울수록 영혼이 씻기는 느낌이었으니까. 같이 탑승한 수네스트는 캐리어가 다섯 개다. 그중 하나는 내가 준 것이었다. 그는 나이지리아에서 구하기 힘든 영문책을 헌책방에서 잔뜩 샀고, 돌아가서 도서관을 차릴 거랬다.

체크인을 하고 게이트로 향했는데 케빈과 브렌다가 보였다. 케빈은 아이오와를 떠나는 데 한 치의 미련도 없어 보였다. 하지만 그는 내가 아이오와를 좋아해서 정말 기쁘다고 말했고 기념품 가게에서 아이오와 옥수수 인형을 사온 내게 이런 이야기를 들려주었다.

"짐을 싸고 나가는데 야스히로의 방이 열려 있는 걸

보았어. 힐끔 보니 방은 깔끔하게 정리되어 있었고 남아 있는 짐은 없었어. 그런데 창문이 활짝 열려 있는 거야. 그리고 한 남자가 창을 타고 넘어 광장에 서 있었지. 야스히로였어. "거기서 뭐해?" 나는 소리쳤어. 그는 종이컵을 줍고 있었어. 마침내 그 종이컵을 구출한 거지."

그것이 아이오와에서 마지막으로 들은 이야기라는 사실이 기뻤다.

"그게 야스히로의 엔딩인 거야."

케빈이 말했다.

이후 일본에 낭독회를 하러 갔을 때 야스히로에게 종이컵의 진짜 결말을 듣게 되었다. 야스히로는 범죄현장의 증거를 채집하는 조사관처럼 엄지와 집게손가락으로 종이컵의 모서리 부분을 집어 지퍼 달린 비닐팩에 넣었다. 그리고 공기를 빼고 밀봉했다. 그는 종이컵의 형체를 그대로 보존하기 위해 종이컵을 백팩의 빈 공간에 조심스럽게 넣었다. 그리고 공항으로 향했다. 마침 일본어학과 캔달 교수와 그의 아들 카오루가 그를 배웅하러 나왔다. 야스히로는 카오루에게 작별 선물을 주고 싶었다. 그런데 마땅한 게 없었다. 문득 백팩에 넣은 귀중한 물건이 그의 머리를 스쳤다. 그는 가방에서 낡은 종이컵이 담긴 비닐팩을 조심스럽게 꺼내 카오루에게 건넸다. 카오루는 '이 쓰레기

286

는 뭐지?' 하는 표정으로 야스히로를 올려다봤다. 옆에 있던 캔달은 말했다. "아들아, 이 종이컵의 가치는 돈으로 매길 수 없단다. 어서 받으렴." 켄달 가족은 종이컵이 음악을 들을 수 있도록 한동안 그것을 그랜드 피아노 모서리에 올려두었다. 음악을 연주할 때면 종이컵은 잔잔하게 진동했다. 그리고 종이컵은 이제 상패가 놓인 장식장의 맨 위칸에 고이 모셔져 있다.

후기

안녕하세요. 저는 한국 시인 문보영이라고 합니다. 살면서 입사 지원서는 처음 써보네요. 어쩌면 저는 지원서 쓰기를 외면하기 위해 시인이 된 것인지도 모르겠습니다. 하지만 사람은 돌고 돌아 언젠가는 지원서를 쓰게 됩니다. 사람은 임종이 가까워지면 평소보다 눈을 오래 감고 있습니다. 수면 시간은 길어지고 육신은 피로하죠. 사실은 바쁘기 때문입니다. 무엇 때문에? 그는 눈을 지그시 감고 생의 마지막 지원서를 쓰고 있습니다. 죽어서 어느 곳으로 갈지 눈을 감고 상상하며 지원서를 작성하고, 그곳에서 자신을 받아주기를 간절히 소망합니다. 그는 자신의 생을 한 장으로 요약합니다. 그리고 떠나죠.

제 시에는 돼지가 많이 등장합니다. 제게는 아끼는 애착 돼지 인형이 있는데 독자들은 그 시가 그 인형에 관한 시라고 오해합니다. 그런데 그 시들은 인형을 선물받기 전에 쓴 것들이거든요. 참 신기하죠? 어떤 대상을 사랑하기 전에 이미 그것에 대해 썼다는 사실이 말입니다. 나의 시가 나의 미래를 먼저 본 것이죠. 시에는 그런 힘이 있는 것 같습니다. 가령, 저조차 왜 썼는지 모르겠는 시가 있는데, 어느 날 그 시의 등장인물과 유사한 사람이 인생에 덜컥 나타나기도 합니다. 그제야 그 시는 의미를 지니게 됩니다. 그래서 가끔은 시가 무섭습니다. 내가 쓴 장면을 나중에 맞닥뜨리게 되는.

오, 시는 데스노트인 걸까요?

제가 영어로 귀하의 회사에서 글 쓰는 업무를 제대로 수행할 수 있을지는 확신이 서지 않습니다만, 이 지원서가 귀하에게 그런 믿음을 심어주기를 간절히 바랍니다. 저는 지난 계절, 아이오와 작가 레지던시에 참여했습니다. 그곳에서 영어로 글을 쓰고 생활했지요. 그것이 제가 내세울 수 있는 유일한 영어 경험입니다. 물론 제 영어 실력은 제가 제출한 영어 성적으로 증명될 것입니다. 다만, 고백할 것이 있습니다. 다른 영역에 비해 스피킹 점수가 월등히 높게 나왔는데, 여기에는 약간의 부풀림이 있습니다. 지난달, 시험을 보러 강남에 갔습니다. 한파였습니다. 입이 얼어붙어 시험을 보기 전에 카페에서 뜨거운 코코아를 들이켜고 입실했습니다. 여권을 제출하고, 몇 가지 인적 사항을 확인한 뒤 작은 방으로 들어갔습니다. 백인 면접관이 근엄하게 앉아 있었고, 그는 제게 몇 가지 간단한 질문을 던졌습니다. "넌 누구니, 뭐 하는 사람이고, 영어 공부는 무슨 목적으로 하고 있니" 등. 그리고 본격적인 질문을 던 졌습니다.

"당신이 아는 사람 중에 이중 언어자가 있는가. 그 사람은 왜 두 개의 언어를 사용하는가."

깜짝 놀랐습니다. 저에게 너무 유리한 질문이었기 때문이죠. 2시간은 족히 떠들 수 있는 주제였으니까요. 저는 입을 열었습니다.

"제가 이 질문에 답할 수 있음에 감사합니다. 최근에 제가 사랑한 사람들은 모두 이중 언어자였습니다. 그리고 사랑하는 사람을 묘사하는 일만큼 시간이 잘 가는 일은 없겠지요. 한 명은 대만 작가이자 일본 작가인 코토미입니다. 코토미는 대만의 작은 산골 마을에서 태어났습니다. 그런데 어느 날 그녀는 일본 문화에 깊이 빠져들었고, 모든 책을 일본어로 읽기 시작했습니다. 일본어를 배울 수 있는 곳이 마땅치 않았기에 스스로 타국의 언어를 습득했습니다. 그녀는 대학을 졸업한 뒤 훌쩍 일본으로 건너갔습니다. 그녀의 말에 따르면 '어떤 마법적인 현상으로 인

290

해' 갑자기 일본어로 모든 글을 쓰기 시작했죠. 그녀는 대만에서의 흔적과 자아를 지우고 정말 일본인처럼 살아가기 시작했습니다. 그리고 그녀는 현재 일본에서 유명한 작가가 되었습니다.

저는 코토미를 아이오와에서 만났습니다. 아이오와 레지던시 프로그램, 일명 IWP에는 30여 개 국에서 온 작가들이 모여 함께 생활합니다. 모두 한 호텔에서 묵지요. 식당이나 슈퍼 등 편의시설은 다운타운에 밀집되어 있기에 작가들은 하루에도 몇 번씩 다운타운에 갔습니다. 호텔에서 다운타운으로 가는 방법에는 여러 경로가 있습니다. 하나는 대각선으로 난 오르막길입니다. 대부분의 작가들이 이 오르막길을 이용했는데, 체력이 좋지 않은 저는 조금 우회하는 평지를 걸었습니다. 쭉 뻗은 나무 길이었습니다. 여태껏 저는 길에 관해서 취향을 가져본 적이 없습니다. 닥치는 대로 길을 걸었을 뿐이었죠. 길을 좋아한 적 없고, 어떤 길을 선호하거나 고집한 적 또한 없습니다만, 저는 줄곧 이 나무 길만을 이용하게 되었습니다. 나무 길에게 아름다운 이름을 붙여주고 싶었지만 제가 붙인 이름은 고작 '나무 길'이었습니다. 좌측은 낭떠러지이고 우측은 확 트인 들판이었죠. 살면서 나무를 관찰한 적이 없는데, 이 길을 걸으며 저는 나무를 유심히 보게 되었습니다.

나무 길에서 만난 어떤 나무는 중력에 완전히 항복한 형상이었습니다. 잎과 가지가 땅을 향해 축 처져서 땅에 끌렸죠. 저는 그 나무를 '항복 나무'라고 불렀습니다. 아, 항복이라니. 항복이라는 단어는 어감이 좋습니다. 제가 좋아하는 단어 목록에 들어 있는 단어이기도 하고요. 어느 횟집 간판에서 이런 문구를 보았습니다. 오늘 하루도 행복하기. 이 문장을 '오늘 하루도 항복하기'로 바꿔 읽어도 말이 됩니다. 나무들은 죄다 항복한 형상입니다. 어둠이 깔리면 나무가 몰래 움직일 것 같습니다. 촛불이 꺼질 듯 일렁이는 석유램프를 들고 오래된 나무 집의 계단을 오르는 사람의 뒷모습이 연상됩니다. 긴 잠옷의 끝자락은 나무 바닥에 끌리고, 계단은 삐걱이죠. 그렇게 나무가 걸을 것임을 압니다. 나무는 긴 손으로 땅을 쓰다듬으며 바닥에서 무언가를 주우려고 하지만 주울 게 아무것도 없다는 걸 알기에 나무는 안심합니다. 가까이서 보면 어떤 나무의 가지는 손등에 작디작은 솔방울을 가득 얹고 있고 밑동 주위로는 약속이라도 한 것처럼 둥글게 흙이 드러나 있습니다. 멀리서 보면 나무 그림자로 착각할 수 있는데, 사실은 흙이죠. 대체로 내가 좋아하는 나무는 지쳐 보이는 나무로, 이 나무들은 중력을 이기지 못해 축 처져 있습니다. 어쩌면 나무는 중력을 이길 필요를 느끼지 못했을지도요. 중력을 이기지 못함은 지친 나무가 지닌 소중한 가치관이자 세계관입니다. 잎과 가지를 떨군, 고개를 푹 숙인 자신이 마음에 드는 나무들…. 아, 제가 하려던 이야기는 이중 언어자 코토미에 관한 것이었지요? 바로 이 우회하는, 무용하고 비생산적인 나무 길을 코토미는 늘 함께 걸어주었습니다. 혼자 걸을 때는 다른 작가들처럼 오르막길을 걷는 코토미였죠."

길 이야기를 하자 면접관은 제가 주제에서 벗어났다며, 다시 한 번 질문을 읊어주었습니다. "당신이 아는 이중 언어자의 삶에 관해 이야기해봐라." 그것이 제게는 길에 관한 질문으로 들렸는데 말입니다. 그는 스톱워치를 제 쪽으로 돌리고, 시간을 엄수하라며 주의를 주었습니다. 그리하여 저는 또 다른 작가에 관한 이야기를 시작했습니다.

"그럼, 독일에 거주하고 있는, 일본 작가 야스히로에 대해 말해보겠습니다. 아이오와에서 시카고로 버스를 타고 여행을 가던 날이었습니다. 우연히 야스히로 옆에 앉았지요. 버스에서 꾸벅꾸벅 졸던 야스히로의 머리는 눌려 있었습니다. 우리 아빠와 비슷한 연배의 야스히로. 그는 가방에서 손톱 크기의 종이에 포장된 소금을 제게 건네며 유사시에 쓰라고 주었습니다. 전 주에 미네소타 대학에 강의를 하러 가는 바람에 제 낭독회에 오지 못했는데, 마음에 걸렸나 봅니다. 그러더니 재미있는 이야기를 들려주겠다며 이야기를 시작했지요. 아, 저는 아직까지도 아이오와에서 시카고로 가던 그 길을 '야스히로의 자서전'이라고 부른답니다. 야스히로는 영어와 일본어로 시를 쓰는 이중 언어자입니다. 어느 날 그는 아내와 함께 일본을 떠나 미국으로 건너갔습니다. 그들은 2세 계획이 없었는데, 왜인지 그곳에서는 아기를 낳고 키울 수 있을 것 같았답니다. 그렇게 그들은 미국에서 첫 아이를 낳았죠.

아기는 부드러운 담요에 대한 애착이 있었습니다. 담요 없이는 잠을 못 잤대요. 부모는 아기가 크면서 자연스럽게 담요와 이별할 거라 생각했는데, 애착이 줄어들기는커녕 커지기만 했습니다. 문제는, 아이가 꽤 컸는데도 그 큰 담요를 들고 다녔다는 점입니다. 그런데 어느 날, 야스히로의 아내는 아이가 담요 전체가 아닌, 한 모서리에 집착한다는 사실을 발견했습니다. 아이는 담요의 한 모서리를 손가락으로 문지르기만 하면 되었던 것이지요. 옳다구나! 아내는 담요의 모서리를 동그랗게 오려 손수건 크기로 줄였습니다. 그리고 아이도 만족했지요. 누군가는 의문을 품을 수 있겠습니다. 문제의 본질은 그대로인 게 아닌가. 아이는 여전히 특정 사물에 대한 비정상적이고 유아적인 애착을 극복하지 못한 거라고요. 그런데 그 작은 담요를 꼭 빼앗을 필요가 있을까요. 그 이불보는 아마 아이의 세상이었을 겁니다. 그런데 세상이 너무 크니 주머니에 넣고 다닐 수 있도록 줄인 것일 뿐이지요. 주머니에서 만지작거릴 수 있도록요. 세상이 너무 커서 버거울 때, 그런 세상을 버리는 대신 주머니에 넣고 만지작거릴 수 있는 존재로 만드는 것도 한 방법이 되지 않을까요? "그 담요는 이제 어디 있어?" 저는 물었습니다. "글쎄? 아직도 남몰래 들고 다닐 수도? 혹은 옷장이나 서랍 어딘가에 있을 거야." 야스히로가 대답했습니다."

사위가 고요해 주위를 둘러보니 면접관은 졸고 있었습니다. 그래서 저는 더 신나게 떠들었지요.

"아, 그리고 야스히로는 독일로 건너가 새로운 일을 시작했습니다. 그곳에서 또 새로운 언어를 더듬더듬 쓰기 시작하면서요. 그는 일전에 이런 이야기도 했습니다. 하루는 영어로 쓴 시를 모국어로 번역했는데 그 과정에서 시를 발견했다고요. 그게 그의 길이겠지요. 그는 독일로 돌아가면 아이들에게 요리를 해줄 거랍니다. 안 그래도 그는 요리의 달인이지요. 그는 매주 작가들에게 감자가 가득 들어간 카레를 만들어줬답니다."

이것이 바로 제 영어 점수가 높게 나온 이유입니다. 면접관이 졸아서인 것 같습니다. 저는 면접관을 깨웠습니다. 그러자 그는 "쏘리" 하고 말했고, 질문은 더 안 해도 될 것 같답니다. 인사를 하고 일어났는데, 문을 여는 순간 면접관이 제게 질문을 던졌습니다.

"너 사무엘 베케트 아냐?"

저는 놀라서 뒤돌아봤습니다.

"당연하지."

"그도 엑소포닉 작가야. 그럼 안녕."

그는 다 듣고 있었던 겁니다. 엑소포닉이 뭔지는 몰랐지만, 모국어가 아닌 다른 언어로 작품 활동을 하는 작가를 칭한다는 것쯤은 유추할 수 있었습니다. 'exo'는 밖으로, 외부라는 뜻이고, 'phone'은 소리, 언어를 뜻하니까요. 저는 집으로 돌아와 엑소포닉 작가들에 대해서 찾아보기 시작했습니다. 그런데 웃긴 점은, 그들이 여태껏 제가 좋아했던 작가들이었다는 것입니다. 이중 언어자라고 해서 완전히 다른 글을 쓰는 것도 아니었던 것이죠. 잭 케루악, 사무엘 베케트, 줌파 라히리 등. 작가는 언어를 다루는 직업이기에 여러 언어로부터 영감을 받는 것은 당연한 것인지도 모르겠습니다. 전 그들이 특출하거나 특별하다고 생각하지는 않습니다. 다만, 그들은 언어를 조금 더 세심하고 입체적으로 다룰 수 있다고 믿습니다. 같은 색의 면이 붙어 있을 때 인간의 눈은 그것을 입체로 지각하지 못

296

합니다. 그러나 어긋난 두 개의 평면, 두 개의 서로 다른 색의 면이 붙어 있으면 인간은 그것을 입체로 받아들입니다. 여러 언어를 사용한다는 것은 이처럼 세상을 조금 더 입체적으로 보게 되는 일이라고 생각합니다. 이 새로운 땅에서 저에게는 영원토록 낯설 수밖에 없는 영어로 글을 쓰는 것이 저를 어느 길로 이끌지는 모르겠습니다. 다만, 걷다가 힘들면 항복 나무처럼 조금 항복한 자세로 살아보는 것도 한 방법이겠지요.

다시 제 소개를 해보겠습니다. 저는 한국 시인 문보영이라고 합니다. 살면서 입사 지원서는 처음 써봅니다. 어쩌면 저는 지원서 쓰기를 외면하기 위해 시인이 된 것인지도 모르겠습니다. 그런데 시인이 된다는 건 매일 지원서를 쓰는 것인지도 모르겠다는 생각이 듭니다. 사실 시 한 편 한 편이 지원서였던 것이지요.

읽어주셔서 감사합니다.

에필로그

- 운명과 우연을 따라

나무에도 미세한 잔물결의 흔적이 남아 있다는 것을 어느 날 나는 불현듯 기억해낼 것이다. 충분한 시간이 흐른 미래에서 나는 어느 아침을 기억하리. 그날은 아이오와와 내가 작별 인사를 나눌 수 있도록 사람들이 자리를 비켜준 것처럼 거리가 한산했다. 텅 빈 거리는 다정했고, 햇빛은 여러 겹의 유리를 투과한 것처럼 비현실적이었다. 나는 나무들에게 인사하던 순간과, 그 나무 길을 함께 걷던 이들을 떠올릴 것이다. 그러나 나의 기억은 부정확할 것이며, 기억의 세부는 흐려질 것이다. 나는 부주의하게 기억할 것이고, 기억이 나지 않는 부분은 지어낼 것이며 과거는 걷잡을 수 없이 여러 길이 되어버릴 것이다. 나는 이상한 기록물을 쓰기 위해 그 계절로 면회를 가리. 나의 일기장에 면회를 가리. 여러 갈래로 무수히 갈라지는 과거를

298

미래가 아닌 단어로 묘사하는 방법을 모르리. 그러나 나는 의심치 않고 쓰리. 더 이상 죄책감을 느끼지 않으리. 어떻게 하여 기록의 두께가 현실의 두께를 능가할 수 있는지 변명하지 않으리. 하루를 살고도 그 하루가 1000장의 소설이 될 수 있다는 것을, 그 과장을 이해하리. 어떻게 해서 일기 속에서 시간은 팽창할 수 있으며 죽지 않을 수 있는지를. 글쓰기 속에서 시간은 팔팔 끓는 뜨거운 물에 녹는 설탕처럼 간단하게 용해되어버린다는 것을. 시간은 더 이상 문제가 아니리. 나는 이 문제에 대해 보다 뻔뻔해지리.

삶의 반대편에 들판이 있다면

ⓒ 문보영, 2024

초판 1쇄 발행 2024년 5월 8일
초판 2쇄 발행 2024년 5월 31일

지은이   문보영
펴낸이   이상훈
편집1팀   김진주 이연재
마케팅   김한성 조재성 박신영 김효진 김애린 오민정

펴낸곳   (주)한겨레엔 www.hanibook.co.kr
등록   2006년 1월 4일 제313-2006-00003호
주소   서울시 마포구 창전로 70(신수동) 화수목빌딩 5층
전화   02) 6383-1602~3 팩스 02) 6383-1610
대표메일   book@hanien.co.kr

ISBN   979-11-7213-058-9 03810